MÉMOIRES

DE

HENRI MASERS DE LATUDE,

ANCIEN INGÉNIEUR,

Mme LEGROS.

Pajou del.   Clement sculp.

Quand l'Hydre despotique asservissoit la France,
Elle osa le braver pour servir l'innocence :
Latude, dans les fers, par l'intrigue abattu,
A son courage seul a dû sa délivrance ;
Sans biens et sans crédit, sa rare bienfaisance
A sçu vaincre la haine à force de vertu.

MÉMOIRES

DE

HENRI MASERS DE LATUDE,

ANCIEN INGÉNIEUR,

PRISONNIER pendant trente-cinq années à la
Bastille et à Vincennes, sous le nom de
DAURY; à Charenton, sous celui de
DANGER; et à Bicêtre, sous celui de
JEDOR.

TOME II.

A PARIS,

De l'Imprimerie de la veuve LEJAY

1793.

MÉMOIRES

DE

HENRI MASERS DE LATUDE,

ANCIEN INGÉNIEUR,

PRISONNIER pendant trente-cinq années à la Bastille et à Vincennes , sous le nom de DAURY *; à Charenton , sous celui de* DANGER *; et à Bicêtre, sous celui de* JEDOR.

L'ETABLISSEMENT de Charenton , utile et né-cessaire à certains égards, étoit encore , comme mon exemple le prouve , un des asyles que l'autorité arbitraire s'étoit réservés pour y enchaîner quelques victimes et consommer ses odieux mystères. Le despotisme y étoit à la vérité moins barbare ; mais il présentoit cependant un crime de plus. Dans les autres prisons d'Etat, la loi étoit totalement mé-connue ; elle y étoit totalement étrangère. On le savoit, et les ministres n'avoient pas l'hypocrisie de paroître la respecter, dans ces lieux qui leur étoient absolument dévoués. Il

n'en étoit pas de même à Charenton ; tous
les ans des magistrats sembloient y promener le simulacre de la justice. Dans le courant de septembre, quelques membres de la
chambre des vacations du parlement de Paris
venoient dans cette maison écouter, recevoir
les plaintes des prisonniers ; ils les interrogeoient, ils essuyoient leurs larmes, ils ranimoient leurs espérances. Mais cette démarche si touchante et si belle n'étoit pas même
une consolation pour l'innocence. On m'a
assuré que cette visite, qui ne servoit plus
alors qu'à couvrir, à sanctionner aux yeux
du monarque et des citoyens les iniquités des
ministres, fut bien rarement utile aux malheureux ; on m'a assuré qu'il étoit presque
sans exemple qu'aucun prisonnier, *détenu par
lettre de cachet*, eût imploré avec succès, de
cette manière, la justice et la vengeance des
loix. Il m'en coûteroit de le penser ; mais
cependant une foule de mes compagnons,
aussi peu coupables que moi, les ont sollicitées envain pendant ma détention ; mais
moi-même deux fois j'ai comparu devant ces
magistrats ; deux fois j'ai invoqué, j'ai prouvé
à leurs pieds mon innocence, et *je suis resté
dans les fers*.

Tous les chefs de la maison en furent indignés. Tous me promirent de réunir leurs soins et leurs efforts pour me rendre la liberté. Le lieutenant de police devoit venir peu de tems après faire aussi la visite de ces prisons ; ils me firent comparoître devant lui ; nous étions alors en octobre 1776 ; tous se réunirent pour attester ma bonne conduite et ma rare docilité, depuis que j'étois soumis à leur direction. M. le Noir , forcé de répondre à leurs instances, promit de me faire rendre au premier jour ma liberté. Après trois mois d'attente, je lui écrivis, je lui rappelai ces faits et ses promesses , ce fut envain ; *je restai dans les fers.*

Il fallut donc tenter d'autres moyens. Un des pensionnaires avec lesquels j'étois le plus étroitement lié , étoit le jeune chevalier de Moyria ; il étoit Languedocien comme moi, natif de Beziers , et d'une très-bonne famille ; il avoit été renfermé à Charenton , pour avoir voulu mettre l'épée à la main contre son frère. Je lui avois servi de Mentor pendant sa détention ; il sortit , et emporta des lettres que je lui remis pour sa famille et la mienne. Sa mère me fit l'honneur de me répondre , et m'offrit tous ses services ; elle m'annonçoit que déjà elle avoit écrit en ma faveur à M. de Saint-Vigor , contrôleur-géné-

ral de la maison de la Reine ; elle se pro-
posoit d'écrire encore à d'autres amis, et
m'envoyoit un modèle de procuration, dans
laquelle elle consentoit que je la regardasse
comme ma mère et ma tutrice. Je ne man-
quai pas de lui exprimer ma vive sensibilité.

M. de Saint-Vigor étoit un homme sensible
et juste ; il jouissoit du crédit que la vertu
obtient quelquefois, même dans une cour
corrompue. Il eut à peine reçu la lettre de la
dame Moyria, qu'il m'écrivit à moi-même, pour
me demander des renseignemens ; je les lui
envoyai, en le priant de ne pas faire, près
de M. le Noir, des instances, qui alors seroient pour le moins inutiles. Il s'adressa à
M. Amelot, et obtint pour moi une lettre-
de-cachet qui me rendoit ma liberté. Elle
me fut apporté le 5 juin 1777, par le sieur
de la Croix, inspecteur de police.

Je fus donc libre enfin ! Je sortis à l'instant même de Charenton ; j'étois sans cha-
peau, sans habit, avec une seule paire de
bas, une seule paire de culottes, déchirées
et trouées de tous côtés ; au lieu de souliers,
de vielles pantouffles que les frères de la
Charité m'avoient données, et par-dessus tout
cela, pour me couvrir, une redingotte que
j'avois achetée à Bruxelles en 1747, pourrie

dans les cachots, et dévorée par les insectes ;
sans un sol dans ma poche, sans ressources,
sans connoissances, et sans doute sans amis ;
en conserve-t-on, quand on est si long-tems
malheureux ? mais qu'importe, j'étois libre !

Hélas ! ce sentiment heureux devoit faire
place bientôt à d'autres plus affreux que tout
ce que j'avois déjà éprouvé. Suspendons un
moment ces récits, j'ai besoin de respirer ;
j'ai besoin de retrouver de nouvelles forces,
de ranimer celles des lecteurs honnêtes, dont
l'histoire de mes infortunes auroit trop vivement oppressé le cœur. Jusqu'à ce moment
ils m'ont plaint, ils m'ont trouvé malheureux : eh ! je l'étois sans doute ; mais quel
nom donneront-ils donc aux tourmens que
je vais décrire ? où puiseront-ils des sensa-
tions nouvelles, et une autre ame pour suffire à la pitié que je vais leur inspirer. Je
pourrois presque dire que c'est dès ce moment que je devins vraiment malheureux ;
oui, tout ce que j'avois éprouvé, tous les
maux que j'avois soufferts, n'étoient rien auprès de ce que j'ai enduré depuis : le sort
paroissoit avoir épuisé contre moi tous ses
coups ; et il n'avoit fait que m'y préparer
encore !

L'inspecteur de police qui m'avoit apporté

la lettre-de-cachet qui brisoit mes chaînes,
m'avoit expressément recommandé d'aller
trouver le lieutenant de police. Comment m'y
présenter dans l'état affreux dans lequel je
me trouvois ; ses valets même m'eussent re-
poussé avec horreur. Heureusement j'avois
entendu parler à Charenton au jeune chevalier de Moyria, d'un particulier de Montagnac, établi au Gros-Caillou ; je fus trouver cet homme. Il ne me connoissoit pas,
mais il pouvoit avoir ouï parler de moi ; il
avoit nécessairement connu mes parens dans
notre patrie. Je ne me trompois pas. Il me
fallut cependant quelques efforts pour le dé-
sabuser ; il m'apprit que, pendant qu'il vivoit
à Montagnac, toute la ville étoit persuadée
que lors de ma fuite en Hollande, je m'étois
embarqué pour les isles ; que le vaisseau sur
lequel je faisois route, avoit fait naufrage,
et que j'étois noyé. C'étoit le bruit qu'avoient
fait courir mes persécuteurs, pour n'être pas
importunés par des plaintes, et pouvoir se
rassasier avec tranquillité du plaisir de me
crucifier. Je me fis connoître à cet homme
d'une manière qui ne pouvoit pas lui laisser
de doutes. Alors il me reçut fort bien ; il me
prêta vingt-cinq louis, avec lesquels je m'ha-
billai à l'instant même : et dès le lendemain,

je fus en état de me rendre aux ordres du
lieutenant de police.

Je touche au plus douloureux de tous les
instans de ma vie ; il va devenir aussi un des
articles les plus précis de la dénonciation que
je prépare : je dois donc en marquer tous
les détails avec la plus scrupuleuse exactitude:
je le dois à la vérité, aux tribunaux qu'il
faut instruire de ma cruelle histoire et de
tous les attentats de mes ennemis ; au public
enfin , qui est mon premier juge , et dont
l'estime est mon premier dédommagement.
Ces détails d'ailleurs ne peuvent être dépla-
cés dès qu'ils sont attachés à de grandes infortunes.

Je n'ai pas dit que la lettre-de-cachet , qui
m'ouvroit les portes de Charenton , en étoit
vraiment une d'exil : je ne l'apperçus pas
dans le premier moment, je n'y vis que l'ordre de ma liberté ; elle m'enjoignoit de me
rendre à l'instant même à Montagnac, avec
défenses d'habiter aucun autre lieu, sous quelque prétexte que ce puisse être. Ainsi on ne
me tiroit de ma prison que pour m'envoyer
en exil ! A Montagnac j'allois devenir l'objet
de l'indiscrète curiosité du public. On ne connoissoit pas dans ces petites villes, éloignées
du centre du despotisme, tout ce qu'il pou-

voit ; on étoit loin de soupçonner tout ce qu'il osoit. Captif pendant vingt-huit années, exilé ensuite et malheureux, je ne devois y être regardé nécessairement que comme un scélérat, dont les crimes n'étoient ignorés que parce qu'ils étoient trop effrayans. Tels étoient les bruits qui m'y avoient devancé. Mes ennemis n'avoient pas eu de peine à les y accréditer sans doute ; dans les petites villes une dangereuse oisiveté rend toujours la curiosité active et maligne.

Je me présentai devant M. le Noir, il me parla avec une sorte d'intérêt : il me dit que son secrétaire, nommé Boucher (1), me donneroit l'adresse d'une personne chargée par ma famille de me remettre l'argent dont j'aurois besoin pour acheter ce qui m'étoit nécessaire, et retourner dans ma patrie ; il me recommanda d'obéir à l'ordre qui m'étoit donné de partir sans délai pour Montagnac. Je lui demandai la permission d'aller à Versailles remercier le ministre qui m'avoit rendu

_____

(1) C'est ce sieur Boucher qui apprit dans la suite à un de mes amis que les dépenses que le gouvernement avoit faites pour me faire reprendre en Hollande et conduire en France, se montoient *à deux cens dix-sept mille livres.*

la liberté, et le protecteur qui l'avoit sollicitée ; il me l'accorda.

Je vis d'abord M. de Saint-Vigor : cet homme de bien s'attendrit au récit de mes infortunes ; il me consola, m'offrit tous ses services, et m'indiqua les moyens que je pouvois employer pour intéresser M. Amelot. Il m'adressa au sieur Rivière, un de ses commis, qui m'introduisit lui-même dans l'appartement du ministre, auquel j'offris mes remerciemens.

Pourra-t-on me blâmer d'avoir osé prétendre à une récompense ? Les projets que j'avois envoyés du fond de ma prison à divers ministres, et dont un au moins avoit été exécuté sur-le-champ avec succès, n'étoient-ils donc pas un service que j'avois rendu à l'état ? Le gouvernement n'a-t-il épuisé ses faveurs et dispersé le trésor public qu'entre des mains qui en fussent plus dignes ; et mes infortunes, causées aussi par *le gouvernement*, ne me méritoient-elles aucun dédommagement ? Dans tous les tems on m'en avoit promis, et dans tous les tems M. de Sartines lui-même m'avoit annoncé une récompense. Encore une fois j'étois sans ressources, seul, dénué de tout ; est-ce un crime d'avoir osé solliciter ce que je regardois comme une justice.

Je consultai M. Rivière ; je lui montrai mes projets, mes plans ; il y applaudit, il approuva ma résolution, et m'engagea à présenter un mémoire au roi. Après l'avoir rédigé, je le montrai encore à ce commis. Je le présentai ensuite à M. de Beauvau, capitaine des gardes, maréchal de France ; non-seulement il y applaudit, mais il le signa lui-même, et me donna les facilités de le remettre au roi, lorsqu'il iroit à la messe. Il fit plus, il daigna m'accorder une audience particulière, dans laquelle je lui racontai ma douloureuse histoire ; il parut l'écouter avec son ame. Cet instant n'est pas le seul où il a daigné m'honorer de quelqu'intérêt et de ses bontés. Je n'aurois besoin que de ce mot pour accabler mes ennemis.

Dans le mémoire que j'avois présenté au roi, je parlois de M. de Sartines : je n'avois pas oublié qu'il étoit le ministre du monarque auquel j'osois adresser mes plaintes, et je ne m'étois rien permis que mon tendre respect pour mon roi pût désavouer. Mais je le citois enfin, et sans doute on lui communiqua ce placet, selon l'usage des bureaux. Au bout de huit jours je me présentai pour en recevoir la réponse. Je vis M. Amelot, qui, la première fois, avoit paru très-favorablement disposé pour moi, et qui alors me fit un accueil accablant ; pour

toute réponse, il m'enjoignoit de retourner
promptement dans mon pays, et d'obéir à l'ordre du roi; cependant il m'accorda un délai de
dix-huit jours, que je lui demandai pour vaquer
à quelques affaires.

Je revins à Paris agité des craintes les plus
vives et des plus funestes pressentimens. Mon
hôte me remit une lettre contresignée *le Noir*.
Ce nom me fit trembler; on me commandoit
de me rendre à l'instant même à son hôtel; j'y
fus; il me dit d'un ton terrible que, si je ne
partois sans délai, il alloit me faire arrêter. Il
tourne la tête et s'en fut.

Je n'hésitai pas un moment, et renonçant à
profiter de la permission du ministre, je me
préparai à fuir un pays où je voyois l'abîme
toujours ouvert sous mes pas. Je fus trouver le
compatriote logé au Gros-Caillou, qui m'a-
voit déjà fourni des secours; il se nommoit
Grolier; il étoit chirurgien à l'hôpital des
gardes-françaises, situé à cet endroit. Mon
abattement étoit terrible, je l'effrayai; il me
rassura et me confirma dans l'idée qu'il n'y
avoit pas un moment à perdre. Un commis de
la police m'avoit donné l'adresse de la personne
chargée par quelques-uns de mes parens de me
remettre l'argent dont je pourrois avoir besoin
pour faire ma route; Grolier me dit qu'il étoit

inutile de perdre du tems pour aller la trouver, et qu'il me remettroit lui-même ce qui m'étoit nécessaire. Il m'avoit déja avancé vingt-cinq louis ; il m'en restoit sept ; il m'en remit douze et demi., et je partis son débiteur de neuf cent francs.

C'étoit le 10 Juillet que j'avois vu M. Amelot à Versailles ; M. le Noir m'enjoignit le lendemain 11 de partir sans différer, et le 12 j'étois embarqué sur le coche d'Auxerre. Je prenois douloureusement ainsi le chemin de ma triste patrie. Je ne pouvois jouir du bonheur de fuir mes persécuteurs et le lieu de mon supplice; mon ame abîmée par des sentimens qu'elle ne pouvoit concevoir et que je n'analysois pas, se refusoit à toute impression de plaisir.

Le 15 , jour de ma fête, j'étois à Saint-Brice, à 43 lieues de Paris, sur la route de Montagnac; je vois arriver un homme qui m'aborde, se dit exempt de police de Paris, nommé Desmarets, et me déclare qu'il m'arrête de la part du roi.

La foudre m'eût moins accablé. Je crus que je rêvois, long-tems mes sens furent dans une sorte de délire; je m'éveillai cependant, je dis à cet homme que sûrement il se trompoit : je lui montrai l'ordre de ma sortie de Charenton, qui étoit en même-tems celui de mon exil où

je

je me rendois. Je demandai au moins de quel crime on pouvoit m'accuser : depuis que j'avois reçu cet ordre, je n'avois pas fait une action, pas écrit, pas dit un mot qui pût offenser personne. Il me répondit que très-certainement il ne se trompoit pas, que ses ordres étoient de courir en poste après moi, d'aller m'attendre à Montagnac, s'il ne me trouvoit pas sur la route, et de me ramener au Châtelet à Paris : qu'il n'en savoit pas davantage. J'avois sur moi dix-sept louis en or, et quelques écus en argent ; il me demanda le tout pour me le garder, me fouilla pour voir si j'avois des armes, et mit un cachet sur un paquet de papiers qui étoit dans mon sac de nuit, et dans lequel il étoit difficile de rien trouver qui pût en aucune manière déposer contre moi.

Desmarets me dit qu'il avoit ordre de m'enchaîner, mais que ma parole de ne faire aucune tentative pour m'échapper, lui suffisoit. Hélas ! j'avois à peine la force de la lui donner ; quel état affreux ! et pourquoi la nature nous fournit-elle donc les moyens de n'y pas succomber ? Au milieu de mes plus grandes infortunes, l'espoir d'un meilleur sort, celui de la vengeance peut-être, m'avoit consolé ; pouvoit-il m'en rester encore, et quand devoit s'ouvrir le nouvel abîme qui se refermoit sur ma tête ;

Tome II. B

L'exempt me mit dans sa chaise de poste ; et nous reprîmes à l'instant même le chemin de Paris, où nous arrivâmes le lendemain 16 Juillet 1777. Il me conduisit au petit châtelet, où je fus mis au secret. Trois jours après, le commissaire Chenon pere, vint prendre le paquet de mes papiers, que Desmarets avoit remis au geolier à mon entrée dans la prison.

Etoit-il possible que tout ce qu'on vient de lire ne fût rien encore auprès de ce qu'on me préparoit? Je croyois avoir souffert tous les maux : non ; il en étoit un que je ne connoissois pas, et il manquoit à la rage de mes ennemis de m'en accabler ; il leur manquoit de joindre l'outrage à tout ce qu'ils m'avoient fait endurer, de me confondre avec les plus vils scélérats, et de m'entasser avec eux dans leurs prisons : je frissonne encore en prononçant le nom de *Bicêtre ;* c'est là que je fus conduit.

Le premier Août, on vint me prendre au petit châtelet, et après avoir payé de mon propre argent ma nourriture, le loyer de la chambre où l'on m'avoit placé, et une foule de droits, on me remit neuf louis qui restoit des dix-sept que l'exempt Desmarets avoit trouvés sur moi. On me fit monter dans un fiacre, et je fus mené à cette maison infâme, que je rougis de nommer.

J'étois presque sans connoissance et sans

mouvement : on me dépouilla de tous mes ha-
billemens, et après m'avoir mis nud, on me
revêtit d'une chemise faite sans doute avec des
ficelles ; on me donna un gilet sans manches,
un habit et une paire de culottes de la bure la
plus grossière, une paire de sabots et un bonnet digne de cet infâme accoutrement. Je fus
ensuite conduit par deux soldats armés de bâtons, dans un cachot, où l'on me donna un
peu d'eau et de pain.

Durant mon ancienne captivité, si quelque
heureux hasard ou mon adresse me faisoient
rencontrer d'autres prisonniers, je trouvois
presque toujours des hommes honnêtes, dont
l'éducation, l'esprit ou l'ame au moins rendoient la société intéressante ; ici je n'étois
entouré que de scélérats; je n'entendois que leurs
projets, leur langage ; je ne respirois que le
venin du crime. A Bicêtre, la disposition est
telle que tous les prisonniers qui ne se voient
pas, peuvent cependant se parler et s'entendre : dans de vastes corridors sont pratiquées
une foule de petites loges qu'on nomme *cabanons*; dans chacun desquels on place un prisonnier qui, pour tout ameublement, y trouve
un méchant grabat, sans table ni chaise, et
une écuelle de bois, qui lui sert pour manger sa

soupe, et quelque fois pour toutes les autres
sortes d'usage.

Les corridors ont environ six pieds de largeur; toutes les portes des cabanons sont vis-
à-vis les unes des autres; à chacune il y a un
guichèt par lequel on sert aux prisonniers le
pain et l'eau dont ils sont nourris. A la même
heure on ouvre tous ces guichets; les prisonniers
sortent leurs têtes par ces trous; alors ils se
voyent, se parlent, se conseillent, pestent,
s'injurient, se battent quelquefois à coups de
bouteilles et de sabots qu'ils se jettent à la
tête, jusqu'à ce que le sergent de garde vienne
accompagné de quelques *Dindres* vigoureux,
les assommer de coups de bâton.

Tels furent mes premiers spectacles dans ce
séjour d'horreur : mon ame étoit déchirée, je
me livrois à tout mon désespoir. Quelques-uns
de mes voisins, pour me consoler à leur manière, me demandèrent, dans leur langue,
combien j'avois assassiné de fois, ou si les vols
que j'avois faits étoient considérables, si je
venois du grand ou du petit châtelet. Je voulus leur persuader qu'ils se trompoient et qu'ils
me connoissoient mal : mais ce fut en vain.
» On ne vous a pas mis ici pour avoir été à la
messe, me dit l'un d'eux; vous pouvez vous
ouvrir à moi sans crainte, vous êtes en bonne

main : je brûlerois la cervelle à celui que je croirois plus coquin que moi. Tel que vous me voyez, j'ai essuyé vingt-huit procès criminels; tous mes juges étoient bien convaincus de ce que je suis; mais c'est ce dont je m'importois le moins : j'ai été toujours plus adroit qu'eux, et il ne m'en falloit pas davantage. J'ai sauvé plus de vingt de mes confrères de la potence et de la roue; et si vous avez confiance en moi, je vous rendrai le même service ».

Cet honnête-homme se nommoit Chevalier; il est natif de Saint-Germain-en-Laye, et je crois qu'il vit encore. Sept à huit de mes plus près voisins étoient à-peu-près de la même force, et ne connoissoient guère d'autre langage.

J'étois âgé de cinquante-trois ans; j'en avois usé vingt-huit dans les fers, et les vingt-huit années de ma vie les plus belles et les plus précieuses, et tel étoit mon sort ! Mais pour en faire apprécier, s'il est possible, l'épouvantable horreur, entrons dans quelques autres détails du régime de cette maison, et que l'on juge jusqu'à quel point mes ennemis avoient porté l'indignité, en la préférant à toute autre, pour m'y torturer et *m'oublier.*

Il étoit sans doute, dans ce lieu de désolation, d'autres infortunés aussi peu coupables, aussi intéressans que je pouvois l'être; mais on craignoit qu'en confondant ensemble nos soupirs et nos larmes, je ne goûtasse quelque consolation, et il n'étoit pas échappé à mes bourreaux que le plus cruel supplice pour un homme de bien, étoit de se voir entassé et confondu avec des scélérats.

Il y a dans la maison de Bicêtre, des corps particuliers de bâtimens où l'on met les foux, d'autres qui servent d'hôpital ; je n'ai eu aucune relation avec ceux-ci, et je ne les connois pas : je ne parlerai que de ce qui concerne les prisonniers. Il y a trois salles principales qui leur sont destinées ; la première s'appelle *la Force*, la seconde *Saint-Léger*, la troisième *le Fort-Mahon* : c'est M. le Noir qui a fait bâtir cette dernière.

A ce mot, mon esprit, ou plutôt, mon ame ; eh ! ce mouvement n'est que trop légitime ! mon ame me rappelle que nous voyons dans l'histoire plusieurs grands scélérats, victimes de leur industrieuse cruauté, expier, par le genre de supplice qu'ils avoient inventé, ce crime dont l'humanité sollicitoit la vengeance. Le Ciel ne seroit-il donc juste qu'à demi ?

Le *ministre* d'Assuérus périt sur le gibet qu'il avoit fait élever pour Mardochée.

Perille mourut dans le taureau d'airain,

qu'il avoit inventé pour seconder la fureur de Phalaris.

Le favori d'*Anne de Boulen* , Thomas Cromwel avoit rendu, pendant qu'il étoit *ministre* , une ordonnance contre les crimes de lèse-majesté, par laquelle il privoit ceux qui étoient accusés de cette faute trop souvent chimérique , des ressources et des avantages que présentoit à tous les coupables la jurisprudence criminelle angloise : son amour pour son Roi n'avoit été que le prétexte de sa barbare intolérance. Accusé dans la suite , il fut jugé et puni d'après la loi qu'il avoit faite.

Le monstre qui donna le premier l'idée de la *question* expia le premier, par ce supplice, son forfait , qui est devenu trop long-tems celui de nos loix.

Enguerrand de Marigny , *ministre* de Philippe-le-Bel , fut pendu au gibet de Montfaucon qu'il avoit fait dresser : *comme maître du logis* , dit Mizeray , *il eut l'honneur d'être mis au haut bout, au-dessus de tous les autres voleurs.*

Samblançai , *ministre* de François Ier , avoit fait réparer ce fameux gibet ; il y fut pendu.

Aubriot , *ministre* de Charles V , fut enfermé à la Bastille qu'il avoit fait construire.

Si M. le Noir ne peut pas se glorifier d'avoir

B 4

construit Bicêtte en totalité, il a l'honneur au
moins d'en avoir multiplié les prisons, et
rendu le régime plus affreux ; mais il fuit......

Au-dessus des trois salles dont j'ai parlé
sont les infirmeries. Indépendamment de ce
bâtiment, il y en a deux autres dont l'un est
appelé *le neuf* et l'autre *le vieux*, qui renfer-
ment entr'eux deux cent quarante petites loges
ou cabanons : j'en ai détaillé plus haut l'a-
meublement ; j'ajouterai seulement que sur
chaque grabat, il y a pour tout couchage un
matelas fait d'une espèce de bure, et dont les
plus lourds sont à peine du poids de vingt à
vingt-cinq livres : il y en a qui n'en pèsent
pas quinze. C'est dans ces salles que l'on met
les voleurs, tous les échappés des galères ou
ceux qui, accusés de crimes et convaincus aux
yeux de leurs juges, ne le sont pas suffisam-
ment à ceux de la loi, mais dont il importe
de délivrer la société qui les proscrit. On y
trouve aussi de ces libertins dont l'ame, pétrie
d'un limon fangeux et qui ne respire que le
crime, déshonorent les familles respectables dont ils sont les fléaux et l'effroi. Ceux-
ci ne sont admis que par des lettres-de-cachet,
et paient une pension : les moindres sont de
cent livres, les plus considérables de cinq cent.
Les pensionnaires qui paient celles-ci, même

celles de quatre cent livres, sont assez bien nourris; bien mieux au moins que ne l'étoient les prisonniers de la Bastille et de Vincennes, pour lesquels le Roi donnoit à-peu-près cent louis par année. Les premiers n'ont que du pain; on leur en donne tous les jours un, du poids de cinq quarterons, avec lequel ils coupent leur soupe dans la dégoûtante écuelle dont j'ai parlé : on vient la prendre deux fois par jour, et on y verse un peu d'eau que souvent on se donne à peine le soin de faire tiédir, et qu'on est convenu d'appeller, *du bouillon.*

Pour nous, c'est-à-dire, les prisonniers du Roi, on nous désignoit par le mot des *pain à l'eau*, et il indique seul quel étoit notre traitement. Cinq quarterons de pain noir et de l'eau fraîche, souvent sale es boueuse. Heureux si j'avois eu toujours cette affreuse et triste pitance; mais je ne suis pas encore à l'époque la plus cruelle de ma douloureuse histoire.

Tel étoit alors le régime que surveilloit et que dirigeoit M. Lenoir; c'étoit celui prescrit par les réglemens de la maison. Mais nous devions à l'humanité de quelques personnes, des fondations dont le produit devoit servir à l'adoucir; voyons jusqu'à quel point nos

supérieurs avoient secondé leurs pieuses intentions.

Avec le produit de ces fonds, on nous donnoit tous les jours quelques cuillerées d'eau
chaude, ou si l'on veut, de bouillon sans sa-
veur et sans goût, sur notre malheureux pain
noir ; et de plus, le lundi, une once de beurre
salé qui brûloit le palais et déchiroit les entrailles ; le mercredi, un morceau en même
quantité d'un fromage pourri ; les vendredi et
samedi soirs, quelques cueillerées de pois toujours remplis d'insectes dégoûtans. Les diman-
che, mardi et jeudi, deux onces d'une viande
sèche et dure qu'on étoit contraint d'avaler,
sans la mâcher, et avec laquelle on avoit fait
sans doute ce dont un cuisinier de M. de Rougemont, à Vincennes, se glorifioit (1). Il

_____

(1) Ce mot demande d'être expliqué, et il mérite
quelques détails. Ce n'est plus le sieur de Latude qui
va les donner, c'est son défenseur lui-même qui les
énonce.

Depuis l'impression des feuilles précédentes, dans
lesquelles j'ai rapporté un mot affreux de ce cuisinier de Vincennes, qui paroissoit avoir l'ame et les
principes de son maître ; un ancien porte-clefs de
M. de Rougemont, nommé *Bellart*, logé encore à
Vincennes, et qui consent d'être cité, instruit que je
rédigeois cet ouvrage et que j'étois prêt à le publier,

n'y avoit que la rage de la faim qui pût forcer à prendre une semblable nourriture; et que seroit-ce, si j'ajoutois tout ce qui la ren-

---

est venu me trouver pour me donner des renseignemens sur l'administration de M. de Rougemont. Cet homme honnête, dont le sieur de Latude m'avoit précédemment vanté les services et l'humanité, ne m'a parlé qu'avec l'indignation la plus énergique de cette horde de scélérats. Le nom de M. le Noir seul, paroît lui faire horreur. C'est à ce même porte-clefs que le cuisinier de M. de Rougemont, nommé Saint-Martin a tenu le propos que voici : *Si je croyois qu'il restât une goutte de jus dans la viande des prisonniers, je la mettrois sous mes pieds, et je l'écraserois pour l'en faire sortir.*

Bellart connoissoit parfaitement les détails de la détention du sieur de Latude à Vincennes ; sur tous les points, son récit a été absolument le même que celui de mon malheureux client : je lui ai fait connoître ensuite cette partie de mon travail, pour qu'il rectifiât mes erreurs, si j'avois exagéré quelques objets. Il ne m'a fait qu'une seule observation, c'est que dans la peinture de ces affreux tableaux, j'ai trop affoibli les couleurs. Entr'autres détails nouveaux qu'il m'a donnés, et qui tous font frémir, il m'a attesté que constamment M. de Rougemont mettoit les prisonniers au cachot sans prétextes, uniquement parce que les y nourrissant plus mal, il gagnoit davantage, et que cela ménageoit leurs matelats et leurs couvertures....

doit, s'il est possible, plus affreuse encore : je les rapporterai sans doute, ces dégoûtantes horreurs ; mais suspendons-en un moment le récit, ce seroit trop à la fois : je dois ménager la sensibilité de mes lecteurs.

Cette maison de force, que très-souvent on nomme hôpital, est gouvernée par un économe ou chef : c'étoit alors le sieur Tristan. Ses ordres sont aussi impérieux et aussi exactement suivis que ceux du Grand - Seigneur dans son serrail : il n'y a guère que la peine de mort qu'il ne puisse prononcer contre les prisonniers. Il a cependant un conseil qu'on nomme *bureau*, dont les autres membres principaux sont le capitaine de la compagnie des gardes, le lieutenant, un sous-économe, un contrôleur, et deux commis ; tous ont le droit de faire mettre un prisonnier au cachot ; mais ces derniers ne peuvent l'en faire sortir sans la permission du gouverneur. On leur a accordé le pouvoir de faire le mal, et on ne les en prive que quand il s'agit de faire le bien. Système atroce, mais qui est la logique ordinaire des tyrans.

Quand un prisonnier est conduit à Bicêtre, on le mène, (1) avant tout, devant le bureau

_____

(1) J'ignore quel changement le régime nouveau a apporté dans celui de Bicêtre ; je parle ici de ce qui se faisoit de mon tems.

qui s'assemble pour le recevoir; là, on lui fait subir l'humiliante cérémonie que j'ai rapportée; on le dépouille, et on lui donne l'infâme livrée de ses nouveaux maîtres; on le conduit ensuite dans son cabanon ou cachot, où quelque froid qu'il fasse, il n'a jamais ni feu ni lumière.

Les prisonniers envoyés par la police ou condamnés par jugement à cette réclusion, ont un autre costume; le premier est barbare, celui-ci est le plus ridicule : la veste, la culotte et le bonnet sont de couleurs moitié blanche et moitié noire : ils sont dans un corps de logis séparé.

Ceux qui ont quelqu'argent peuvent se faire acheter ce qu'ils desirent; les officiers de la maison ont la bassesse de se faire payer cette complaisance, on peut en juger par ce trait. Un prisonnier à Bicêtre est le maître d'écrire (1), on lui vend des plumes et du papier; mais il est expressément défendu, sous les peines les plus graves, à tous leurs gar-

---

(1) Il y avoit cependant quelques exceptions à cette règle, et c'est dire assez qu'elle s'étendit à moi. Il y avoit des défenses expresses de me donner, de me vendre de l'encre et du papier, et de recevoir aucune de mes lettres.

diens ou veilleurs de se charger de leurs lettres. Tous les matins le lieutenant traverse les
corridors, en criant, *bonjour, Messieurs*; ce
mot est le signal de la levée des lettres; tous
ceux qui en ont frappent après leur cloison;
il ouvre le guichet, et on lui donne alors la
lettre ouverte et un sol, qui est son profit,
et sans lequel il ne se chargeroit pas de la
commission. Il porte ensuite toutes ces lettres au bureau, où on les examine. On conçoit sans peine que celles où un prisonnier
se permettroit des détails sur sa situation et
sur le régime de la maison, ne sont pas en-
voyées. On examine de même à ce bureau,
les réponses, et on ne les rend à celui à qui
elles sont adressées, que décachetées et lues
par les officiers de la maison.

On conçoit combien cette voie seroit peu
sûre pour chercher les moyens de se justifier
et de réclamer sa liberté. Je n'avois pas perdu
de vue l'idée de le tenter au moins; je me
flattois toujours que M. de Saint-Vigor pour-
roit me tirer de Bicêtre comme il l'avoit fait
de Charenton; ce généreux protecteur m'avoit
montré un intérêt trop tendre pour que je ne
crusse pas qu'il emploieroit cette fois encore
ses soins et son crédit en ma faveur. Enfin,
je voulois savoir quel crime on m'imputoit,

ou de quel prétexte mes ennemis se servoient pour justifier cette nouvelle indignité. Hélas ! j'ignorois en cherchant à m'en instruire, que je courois au-devant du plus cruel supplice que je pusse endurer, et que ne pouvant rassasier leur vengeance, j'allois au moins l'assouvir.

Je voulois écrire à Grolier; et le charger d'une lettre pour M. de Saint-Vigor ; mais comment faire parvenir mon paquet ? Je fus forcé, pour en trouver les moyens, de profiter des offres de service du très-adroit *Chevalier*. Je m'adressai à lui, il me promit de me tirer d'affaire, et en effet je lui confiois mes lettres et l'argent qu'il me demanda pour le porteur; c'étoit un de nos gardiens, avec lequel il s'étoit étroitement lié. Il me remit bientôt la réponse de Grolier. Celui-ci avoit donné ma lettre à M. de Saint-Vigor. qui, étonné, indigné de la conduite du ministre, et du traitement odieux qu'on me faisoit subir, promit bien de s'intéresser à m'obtenir justice. J'ignore à qui il s'adressa, mais quand Grolier fut chercher la réponse, il se contenta de lui dire : que je n'étois qu'un fou, un extavagant, pour qui il étoit indiscret de s'intéresser trop vivement.

Ces maux vagues n'étoient qu'une fastidieuse

répétition de tout ce que mes ennemis avoient opposé de tout temps aux instances qu'on avoit pu leur faire en ma faveur ; protocole d'usage, dont ils se servoient toujours pour couvrir leurs injustices. Ces prétextes leur tenoient lieu de raisons, les dispensoient de tout éclaircissement, et leur épargnoit l'embarras de discuter.

Saint-Vigor et Grolier, trop crédules ou trop foibles, s'étoient contentés de cette réponse, qui ne prouvoit guère que la méchanceté de mes ennemis et mon innocence ; je vis bien que ce n'étoit plus d'eux que je devois attendre les éclaircissemens auxquels j'avois droit de prétendre ou le courage qu'il falloit pour oser braver mes adversaires. Je m'adressai à un de mes anciens compagnons d'infortune à Charenton, qui en étoit sorti à-peu-près en même tems que moi, et avec qui j'avois beaucoup vécu pendant le peu de jours que je passai à Paris avant ma dernière détention. Il connut, il m'apprit enfin le nouveau crime de mes persécuteurs. Ils osoient m'accuser de m'être introduit chez une dame de condition, et de l'avoir forcée par les plus effrayantes menaces à me donner de l'argent.

Mon cœur peut à peine suffire à l'indignation qui me transporte : moi ! méditer un vol !...

vol?.... le consommer avec des menaces !......
Grand dieu! il est donc vrai que dès qu'on a
franchi les barrières sacrées de la justice,
les moyens les plus atroces ne sont plus qu'un
jeu pour accabler l'innocence. Il me manquoit
de subir la cruelle flétrissure de la calomnie.
Eh! je n'ai pu alors la combattre, je n'ai pu
la repousser : mes vils persécuteurs avoient
eu la lâcheté de ne m'attaquer qu'après m'a-
voir ôté tous les moyens de me défendre.

A cette nouvelle je succombai sous le poids
de mes fers. J'avois supporté les horrenrs de
la faim, l'intempérie des plus rigoureuses sai-
sons, toutes les privations à-la-fois : mais
l'infamie, cette torture effroyable de l'innocence opprimée! non, je ne pus en devenir
tranquillement la proie. Dégradé dans l'opinion
publique, il me restoit ma famille : je me flattois qu'elle me seconderoit au moins dans les
efforts que je fis pour repousser l'opprobre
auquel on m'avoit si indignement livré : vain
espoir! j'apprends que mes parens ont prêté
l'oreille à cette imposture, qu'ils ont brisé
tous les liens qui m'unissent à eux; et je
tombe dans un abandon universel. Je perdis
alors le courage, l'espérance, et long-tems
je n'existai plus.

Il a cessé enfin cet état affreux! la haine, la

vengeance ont ranimé mes forces ; et le soin
de mon honneur me rend aujourd'hui une
nouvelle ame, une nouvelle vie. Barbares oppresseurs, vous croyez en vain m'échapper ;
désormais je m'attache à tous vos pas, je ne
vous quitte plus. C'est à la face de la Nation,
de l'Europe entière que je vous dénonce
comme DES CALOMNIATEURS. J'ai pu jusqu'à
ce moment ne vous regarder que comme de
vils scélérats, que je méprisois trop pour en
tirer vengeance : je me serois contenté de
vous démasquer et de vous dévouer à l'exécration universelle ; mais ce supplice, qui ne seroit
pas même une peine pour vous, ne suffit plus à
l'honneur ni à ma rage. Osez demander comme
moi qu'on élève un gibet ; osez demander que les
coupables d'entre nous y périssent ; qu'ils y ex-
pient, ou le crime d'une injuste dénonciation, si
c'est moi qui suis condamné ; ou tous les crimes,
toutes les bassesses réunies, si vous ne pouvez
vous justifier : car je vous accuse de tous les
crimes, de toutes les bassesses : encore une
fois, osez tenter de vous défendre.

Et ne prétendez pas vous envelopper davantage du voile dont vous avez toujours cherché à
vous couvrir. Si vous dites que ce bruit, contre lequel je m'élève avec la fureur, le désespoir de l'innocence, n'a jamais existé ; je

prouverai que vous êtes des inposteurs ; si vous dites que ce n'est pas vous qui l'avez fait répandre, je prouverai que c'est vous et vous seuls qui m'avez accusé de ce forfait, et qui m'en avez accusé sans preuves ; contre votre conscience, contre la vérité. Eh ! qui n'apperçoit, qui n'a reconnu à ce coup le bras persécuteur depuis si long-tems levé sur moi, et toujours si ardent à me frapper ? Si vous dites que vous avez été trompés ; je répondrai, je prouverai que vous avez voulu l'être, ou plutôt, que vous ne l'avez jamais été, et que le foyer de cette calomnie étoit dans votre cœur.

Mais que dis-je, ai-je besoin de preuves ? qui peut douter un moment que si j'eusse été coupable de ce crime, mes ennemis, acharnés à me perdre, ne se seroient pas empressés à me faire subir le supplice des criminels? comme ils eussent été jaloux alors de pouvoir justifier à eux-mêmes et à tous les autres leur conduite atroce envers moi. Eh ! c'est parce qu'il ne m'ont mis qu'à Bicêtre, qu'il est déjà prouvé que j'étois innocent.

Plus d'une fois je me suis vu forcé dans cet écrit de quitter le caractère d'historien pour discuter, pour plaider ma justification : mais qui pourroit rapporter de pareils faits avec

une froide tranquillité? On m'acuse d'UN VOL:
et je ne rassemblerois pas toutes les forces de
mon ame pour confondre cette horrible calomnie? Je ne dirois pas avec des transports,
des cris, que je suis innocent? non, je ne suis
pas capable de cette indifférence, et je n'ai
pu attendre que je fusse aux pieds des tribunaux avec M. de *Sartines* et M. *Le Noir* pour
les accuser et me défendre.

J'ai dit qu'il y avoit des ordres pour qu'on
ne reçût aucun écrit de moi, et qu'on n'en
laissât sortir aucun de Bicêtre ; je voulus cependant encore m'adresser à M. de Sartines,
et lui parler de mon innocence ; je ne voulois
pas, même à ses yeux, laisser subsister un
moment le soupçon de ce crime, dont on
m'accusoit. Je profitai encore de l'entremise
de *Chevalier*, et je fis mettre à la poste un
mémoire, que j'adressois à ce ministre, et
dans lequel, en le prévenant que j'étois instruit des imputations dont on m'avoit chargé ;
je protestois de mon innocence, je demandois
d'être confronté à mes accusateurs, je me sou-
mettois à les confondre. Pour toute faveur,
je demandois d'être transféré dans les prisons
de la conciergerie, que l'on instruisît mon
procès, qu'on m'envoyât au supplice si je
pouvois être convaincu ; mais si j'étois inno-

cent, qu'ou me rendît à moi-même, à l'honneur, à l'estime publique.

Certainement ce mémoire fût remis au moins dans ses bureaux, et je ne puis douter qu'il en eût connoissance ; on en sera convaincu comme moi, d'après l'effet sur-tout qu'il produisit. Quelques jours après le lieutenant vint dans mon cachot; accompagné de plusieurs gardes qui portoient des bâtons et des flambeaux ; fouillèrent par-tout, et m'enlevèrent ma petite provision de plumes, d'encre et de papier, et notamment la copie que j'avois gardée de ce mémoire, comme je le faisois toujours de toutes les lettres que j'adressois aux ministres : je voulus réclamer quelques papiers totalement étrangers à mes infortunes et à ma situation présente, c'étoit d'anciennes notes de mes lectures : ces gardes me menacèrent de me faire périr sous leurs bâtons, si je faisois la moindre résistance.

Telle étoit au surplus la manière dont on traitoit en général les prisonniers dans cette maison ; qu'ils fusent soumis ou mutins, innocens ou coupables, honnêtes ou vils, on ne connoissoit aucune distinction, aucun ménagement ; et l'on confondoit ceux qui étoient assez avilis pour mériter et recevoir ces honteux châtimens, avec l'homme fait pour s'en indigner, et qui étoit capble encore de désespoir. J'ai vu, de mes propres yeux, un nommé Perrault (1) enfermé à Bicêtre, par les sollicitations de sa femme et de sa famille ; il avoit des enfans, il leur écrivoit. On le fit monter au bureau pour le lui défendre ; une fureur trop légitime s'empare de lui : il se récrie à l'injustice. On le menace de le mettre au cachot ; un garde s'approche pour le saisir ; au moins, dit ce malheureux, je n'irai pas innocent. Dans son délire, il s'arme d'un couteau qu'il trouve sous sa main, s'élance sur ce garde, et le blesse très-légèrement. On le prit, on lui donna des coups de bâton ; on le traîna ensuite dans un cachot obscur. On couvrit son corps de fers, et peu de tems après on le trouva mort. On vit, après l'avoir dépouillé, que la vermine lui avoit déchiré les jambes, les cuisses et un côté. Je n'éprouvai que trop, bientôt moi-même, ce qu'étoit cet horrible supplice.

On me permettra de citer une autre scène

(1) Je crois ne pas me tromper ; en tous cas, si ce n'est pas exactement ce nom, le particulier que je désigne avoit deux frères, dont l'un étoit employé dans les fermes à Orléans, et l'autre, intendant chez M. de Caraman.

de ce genre , dans laquelle M. de Sartines
avoit été lui-même acteur.

Le nommé Isidore Mûnier, fils d'un boulan-
ger de Paris, avoit été domestique chez M.
le Nègre, lieutenant criminel; il y avoit beaucoup vu M. de Sartines, dans le temps que
celui-ci très modeste parasite alors , alloit fort
souvent y dîner. Isidore Mûnier étoit détenu
au châtelet, où M. de Sartines, alors lieutenant criminel et son raporteur, l'interrogea
avec cette barbare hauteur dont tant de juges
accablent les malheureux qu'ils veulent toujours trouver criminels, dès qu'ils les voient
dans les fers. Isidore Mûnier , irrité , et ne
voyant à son tour dans M. de Sartines, qu'un
homme qu'il étoit habitué à mépriser peut-
être, et non un juge qu'il eût dû respecter,
osa, par une imprudence vraiment condam-
nable, humilier ce magistrat, en lui rappelant
cette époque; celui-ci dans un accès de fureur,
bien plus coupable encore, prit et jeta au feu
un porte-feuille appartenant à Isidore Mûnier,
et qui contenoit toutes les pièces qui devoient
prouver son innocence ou l'aider à repousser
ses accusateurs. Ce malheureux se jette sur le
feu, qui étoit très-ardent, et qui consumoit
ses papiers; il ne peut les tirer des flammes,
et pour surcroît, il se brûle les deux mains :

le désespoir, la douleur l'égarent; il prend
un tison, et le jette d'une main mal assurée,
à M. de Sartines, qui n'en fut pas atteint. Il
méritoit sans doute d'être puni; mais devoit-
il l'être seul, et comment devoit-il l'être?.......
Voici comme il le fut. M. de Sartines le fit
conduire à Bicêtre, et donna les ordres les
plus exprès pour qu'il y fût mis au cachot,
chargé de fers, et qu'il *y fût oublié*. Il y avoit
dix-sept années qu'il y gémissoit, lorsque M.
Albert, devenu lieutenant de police, faisant
la visite de cette maison, le trouva dans son
cachot, entouré de longues et lourdes chaînes;
sa barbe couvroit toute sa poitrine; ses ongles,
longs et crochus, ressembloient à des griffes;
et son corps étoit couvert de haillons dégoûtans, pourris et rongés par la vermine. M.
Albert, agité à sa vue, d'horreur et de pitié,
instruit que tel étoit son état depuis dix-sept
années, ordonna qu'à l'instant même on le mît
dans une chambre, et qu'on lui donna quelques secours, jusqu'à ce qu'il eût examiné son
affaire. M. de Sartines l'a expressément défendu,
dit Tristan; et moi je le veux, dit M. Albert,
obéissez.

Je ne ferai aucunes réflexions sur ce fait;
elles seroient étrangères à mon sujet : je répé-

terai seulement qu'Isidore Mûnier, devoit être
puni ; mais M. de Sartines.............

J'ai dit M. Albert Lieutenant de police, avoit
trouvé cet infortuné dans une de ses visites :
ces magistrats venoient donc en faire à Bicêtre. Ce fait mérite encore quelques détails. Au-
trefois ils en faisoient quatre par année : ils
les appeloient *tenir bureau*. Ils parcouroient les
corridors et les cachots ; chaque prisonnier
plaidoit sa cause, et ils accordoient la liberté à ceux contre qui on ne trouvoit pas de
preuves suffisantes, et dont une assez longue
captivité avoit expié les fautes : on regardoit
alors comme une chose extraordinaire, que le
même homme y fût enfermé pendant cinq ou
six années.

M. de Sartines fut le premier, m'a t-on dit,
qui se dispensa d'entrer dans les corridors, et
d'écouter les plaintes des prisonniers : son ame
sensible et compâtissante ne pouvoit sans
doute soutenir le spectacle de leur misère. Il
diminua aussi le nombre des bureaux, il n'en
tint que deux par année.

M. le Noir, son digne imitateur, alla plus
loin encore ; il ne vint plus qu'une fois tous
les ans à Bicêtre. Toujours à chaque bureau
on rendoit la liberté à une assez grande quantité de prisonniers : ensorte que M. de Sarti-

nes, en réduisant le nombre de ces bureaux
à deux, et M. le Noir à un seul, retenoient
dans les fers ceux de ces malheureux qui
étoient dans le cas de sortir, trois, six ou
neuf mois de trop : mais qu'importoient pour
des captifs, quelques mois de plus de désespoir
et de larmes ? Le premier de ces magistrats
trouvoit bien plus grand d'employer ces jours
de justice, qu'il déroboit aux prisonniers, à se
prosterner et à s'humilier aux pieds des autels ;
et le second trouvoit plus doux de les consacrer à des voluptés auxquelles son attrait pour
le plaisir le portoit si impérieusement, et que
l'exercice de sa charge rendoit si faciles.

Ils venoient plus rarement, ils ne voyoient
pas les prisonniers, ne recevoient pas leurs
plaintes : le premier effet de cette négligence
coupable étoit de rendre les administrateurs
de la maison plus despotes, et le régime plus
atroce. On a déjà appris à le connoître ; mais je
l'ai annoncé, j'ai voulu ménager la sensibilité
de mes lecteurs, et j'aurois craint de les affecter trop vivement, en leur présentant sous un
même aspect toutes ces épouvantables horreurs. Je n'ai pu leur procurer, il est vrai, que
de bien tristes distractions : le temps n'est pas
arrivé, où je leur ferai éprouver enfin des
émotions plus douces, et où je consolerai leur

ame par des tableaux touchans de bienfaisance et de vertu. Je vais donc les ramener encore dans mon infâme cachot; puissent-ils soutenir le spectacle que je vais y donner!

On peut se former une idée, bien foible, mais toujours bien au-dessous de la réalité du despotime qu'on exerce envers ces prisonniers, de l'impitoyable barbarie avec laquelle on les traite. On les fouille à chaque instant, on leur pille, on leur enlève tout ce qu'ils avoient été assez adroits pour dérober à de premières recherches ou se procurer depuis. On leur prend tous leurs papiers; on déchire ceux qui pourroient leur être utiles, et on garde ceux qui leur nuisent : au moindre murmure, on les frappe, on les met aux fers : toute idée en un mot de justice et d'humanité est bannie de ces lieux. Il est vrai que, pour la très-grande partie, les prisonniers qui y sont enfermés sont des scélérats ou d'épouvantables libertins; mais est-il donc permis d'être injuste et barbare, même envers eux ? Et doit-on les assimiler au moins avec des hommes estimables et malheureux, que la passion d'un Grand ou le caprice d'une femme y confondent quelquefois?

J'étois parvenu à cacher un très joli petit couteau à manche d'écaille, et garni en or; je tenois beaucoup à ce petit meuble, qui d'ailleurs étoit de prix : un soldat de garde, qui visitoit ma chambre, se l'appropria. Un autre fut moins tenté de garder pour lui ; mais il m'enleva avec plus d'indignité encore, une triste propriété qui ne m'étoit que trop légitimement acquise.

J'avois été quarante mois de suite et sans interruption au cachot à la Bastille, avec les fers aux pieds et aux mains : ma barbe, lorsque j'en sortis avoit plus d'un pied de longueur : j'en avois conservé les poils avec soin. A Bicêtre, j'étois dévoré sans cesse par des essaims de puces ; je faisois consister ma récréation à les tuer, et j'en avois conservé les peaux : je suis persuadé que j'en avois déjà plus d'une once pesant ; on conçoit que pour cela, il falloit que la quantité fût énorme. Le malheureux qui trouva ce paquet fût insensible à toutes mes instances, et me l'arracha impitoyablement. On craignoit sans doute que je n'en fisse l'usage auquel je le destinois, et que je n'inspirasse un jour à mes juges et au public une juste horreur contre mes tyrans, en montrant ces tristes témoins de ma misère.

En arrivant à Bicêtre, on m'avoit remis neuf louis, qui, les frais de ma détention pendant quatorze jours au châtelet prélevés, me restoit des dix-sept trouvés sur moi par l'exempt

Desmarets à Saint-Brice, et qui m'avoient été avancés par Grolier (1). Je dépensai cet argent tant en payant le porteur des lettres dont j'ai parlé, qu'en achetant quelques livres de pain blanc ou des fruits; mais cette somme ne me conduisit pas bien loin, d'autant mieux qu'il n'y avoit qu'une seule femme nommée la Voiron, qui eût le privilège exclusif de vendre aux prisonniers ce dont ils avoient besoin; abus indigne acheté par cette femme des administrateurs de la maison, et dont la suite nécessaire étoit de faire payer aux prisonniers les tristes douceurs qu'ils vouloient se procurer, le double au moins de la valeur de chaque objet. Indépendamment de ce vol, il y en avoit un autre auquel il falloit encore que ces malheureux se soumissent. Cette marchande ne venoit pas leur vendre à eux-mêmes ce dont ils avoient besoin; ils le faisoient prendre dans sa boutique par les gardiens ou veilleurs; et ceux-ci, qui n'avoient pour tout paie-

---

(1) Il est inutile sans doute de remarquer que ce fait seul détruit l'accusation calomnieuse du *vol* chez une dame de Paris, puisqu'on ne trouva sur moi, dans un instant où j'étois loin de prévoir qu'on alloit m'arrêter, uniquement que ce qui m'avoit été remis par Grolier.

ment que *deux liards* par jour et une mauvaise
nouriture, ne regardoient comme appointemens
que ce qu'ils pouvoient piller aux prisonniers ;
et l'on conçoit qu'ils n'en laissoient échapper aucune occasion : celle de l'achat de toutes
ces misères étoit la plus ordinaire et la plus
commode ; ils s'étoient habitués à regarder ce
vol comme légitime, dès que l'indigne avarice
de leurs maîtres le rendoit nécessaire.

J'avois aussi aidé de quelques secours plusieurs de mes voisins qui n'avoient pas une
obole ; ils se plaignoient sans csse, j'ose croire
que ceux qui me connoissent ne seront pas
surpris de me voir, malgré ma détresse, partager avec eux mes chétives ressources. Au
bout de sept mois, ma bourse fut totalement
épuisée, et je me trouvai sans le sou.

Je fus donc réduit à l'unique ncurriture de
la maison, et il fallut me soumettre à l'épouvantable mal-propreté dont j'ai déja donné
une légère idée. Pour faire connoître jusqu'à
quel point cela seul étoit pour moi un suplice,
j'observerai que dans ma province on porte
l'excès contraire jusqu'au ridicule : les Lan-
guedociens pourroient disputer aux Anglois
leurs usages si vantés ; dès mon enfance, j'y
avois été habitué, et mon premier besoin étoit
la plus grande propreté dans ma nourriture.

J'ai dit que les prisonniers de Bicêtre n'a-
voient qu'un seau, pour y mettre l'eau dont
ils se servoient : deux fois la semaine on venoit le remplir : le mien n'avoit pas de couvercle, et l'on conçoit de combien d'ordures
il étoit plein le quatrième jour. Nous avions
de plus une cuillière et une écuelle, le tout de
bois ; c'étoit là-dedans qu'il falloit boire, faire
la soupe, et généralement tout ce pourquoi
on peut avoir besoin d'un vase : sans que jamais on ait consenti à nous passer un linge
pour essuyer ces ustenciles, qui n'étoient pas
nettoyés une seule fois dans dix années entières. C'est peu de tout cela ; chacun des gardiens ou *veilleurs* a cinquante prisonniers à
servir, et pour toute rétribution *deux liads* par
jour, on conçoit quelle sorte de gens ce peut
être ; ils sont presque tous déguenilleux men-
dians, dont la plupart, flétris par la justice,
ont pourri eux-mêmes dans les cachots, et sont
couverts de vermine ou de gale, dont on trouve
sans cesse des vestiges sur le pain qu'ils ont
coupé, ou dans l'eau chaude dont ils l'arro-
sent. Heureux encore quand nous n'avions
que ce seul dégoût à surmonter : mais très-souvent nos veilleurs, dont les uns étoient boî-
teux et les autres borgnes, laissoient tomber
notre marmite, en montant l'escalier ; on les

a vu alors ramasser le bouillon ; la viande ou
les pois, avec la pêle et le balay, dont ils se
servoient pour enlever les ordures. Je n'ose
m'appesentir sur ces horribles détails : je vois
tous mes lecteurs détourner les yeux de dessus
ce calice amer : et il falloit que je m'en abreu-
vasse tous les jours ! Encore s'il eût suffi pour
me rassassier ; mais j'avois beau en sucer toute la lie, elle ne pouvoit suffire pour appai-
ser la faim qui me dévoroit. Nous avions cinq
quarterons de pain par jour, et alternativement deux onces de mauvaise viande dure et
sèche ; une once de beure ou de fromage. Cette
nouriture est bien insuffisante pour un homme
dont l'estomac est aussi bon que le mien ;
j'étois réduit à demander et à dévorer des
crouttes de pain que les veilleurs trouvoient
quelquefois dans l'ordure des corridors, après
les avoir balayées ; elles étoient couvertes de
poussière, imprégnées de crachats que je prenois à peine le tems de racler avec mes ongles.
Trop heureux encore quand je pouvois obtenir
de la pitié des balayeurs qu'ils me les appor-
tassent : non qu'il en manquât, car dans le
nombre des prisoniers, il y en avoit beaucoup
qui avoient quelqu'argent ; ils s'achetoient ordinairement alors du pain blanc qu'ils substi-
tuoient à celui qu'on nous donnoit ; et ils jet-
toient

toient le reste dans les corridors. la Voiron, cette marchande privilégiée de la maison, faisoit ramasser les croutons tous les matins pour ses cochons; je pouvois bien les disputer à ceux-ci, mais je n'avois pas toujours la préférence.

Il existe des témoins de ces scènes affreuses, je puis les indiquer; ils attesteront la vérité de ces récits. Il n'est pas dans mon ame, de chercher à exciter par des impostures une froide et stérile compassion : je ne dis que ce qu'une foule de gens ont vu; je le dis avec simplicité, afin qu'on ne puisse pas même m'accuser d'avoir voulu faire des tableaux, et de chercher à en outrer et en noircir les horribles couleurs.

Eh! je n'ai pas tout dit encore. Il y avoit un autre de mes sens aussi douleureusement, aussi cruellement affecté. Mon cachot n'avoit pas huit pieds quarrés; j'étois à une pareille distance à-peu-près d'un canal ou aqueduc, où venoient aboutir tous les conduits des fosses d'aisance; et les murs de mon cachot étoient tapissés de plusieurs de ces conduits; j'avois dans ma chambre un trou qui y correspondoit : on conçoit que le couvercle qui le bouchoit, ne pouvoit pas le faire assez hermétiquement pour que l'odeur n'y trouvât pas un passage

et je respirois sans cesse des exhalaisons infec-
tes et putrides. Pour que je les sentise mieux
encore, une foule de rats énormes se prome-
noient souvent dans ces conduits, et tantôt ils
venoient soulever le couvercle, qui étoit dans
ma chambre, pour se faire une issue ; tantôt
ils faisoient des trous dans le plâtre : j'en ai eu
jusqu'à trois dans le cachot n°. A, où j'ai passé plusieurs années. Tous les rats du voisina-
ge s'étoient donnés, je crois, rendez-vous dans
ce cachot : toutes les nuits j'en avois une cin-
quantaine avec moi sous ma couverture; ils
me tourmentoient et m'ôtoient totalement le
repos.

Un jour que j'avois été assez heureux pour
me rassasier, il me restoit un morceau de pain
que je conservois précieusement pour le lendemain. Je l'avois enveloppé dans mon mouchoir, et caché dans ma poche ; ces maudits
rats dévorèrent et mon mouchoir et ma poche,
pour m'enlever cette triste provision. Une des
peines les plus insuportables que me causoit
le dénument absolu de tout, étoit la privation
du tabac : on sait combien ce besoin est impérieux, pour ceux qui ont le malheur de le connoître. Toute ma ressource étoit d'en recevoir
quelquefois une prise de nos sales veilleurs : mais
je n'osois m'en rassasier ; ce plaisir, en durant

trop peu, n'eût fait qu'aigrir mon besoin; je la mettois alors dans ma boëte, pour qu'elle en conservât l'odeur, et toute mon occupation étoit de la flairer. Je n'avois plus qu'un sens que j'aurois pu satisfaire, et j'en étois réduit à le tromper.

Sans compter les puces, les rats, le Noir et Sartines, j'avois encore bien d'autres ennemis à combattre : les plus cruels étoient l'humidité et le froid. Dès que le tems devenoit pluvieux, ou qu'en hiver dans les momens de dégel, l'eau découloit de toutes parts dans mon cachot; j'étois accablé de rhumatismes. Les douleurs effroyables qu'ils me causoient étoient si vives, que j'étois quelquefois des semaines entières sans me lever : le veilleur ne me donnoit pas de bouillon alors, parce que je n'approchois pas mon écuelle du guichet; il jettoit mon pain sur ma couverture, et je restois en proie à mes douleurs.

Ce fut bien pis quand le froid vint m'exposer à de nouveaux tourmens. La fenêtre de mon cachot, armée d'une forte grille de fer, donnoit sur le corridor, dont la muraille étoit percée précisément en face de ma fenêtre à la hauteur de dix pieds. C'est uniquement par ce trou, qui étoit pareillement garni de barres de fer, que je recevois un peu d'air et de jour

dans mon cachot; mais aussi je recevois par
ce moyen le vent, la neige et la pluie qui venoient s'y engouffrer, sans que je pusse m'en
garantir. Je n'avois ni feu, ni lumière, et je
l'ai dit, mon unique vêtement consistoit en un
mauvais bonnet, un gilet sans manches, un
habit, le tout de bure; des sabots et des bas
troués qui ne me venoient qu'à mi-jambe. Il
geloit dans mon cachot, comme au milieu de
la campagne, et toujours, pendant l'hiver,
j'étois obligé de casser, avec mon sabot, la
glace de mon seau, et d'en mettre dans ma
bouche afin de me désaltérer. Pour me mettre
à l'abri du froid, qui, pendant un de ces hi-
vers, devint excessif, je n'eus d'autre ressource que de boucher ma fenêtre : ce fut bien pis,
l'odeur infecte et méphitique des égouts, des
canaux dont j'étois environné, m'étouffoit :
cet air fixe se condensoit bientôt, et me causoit dans les yeux, dans la bouche et dans les
poumons d'horribles cuisons, qui m'annon-
çoient combien ces parties étoient douloureusement affectées : je ne le sentis que trop, bien
tôt après. Depuis trente-huit mois que j'étois
dans cet affreux cachot, j'étois en proie à la
faim, à l'humidité, au froid, à des rhumatismes
cruels et à mon désespoir; je les avois suppor-

tés, j'y résistois même : je succombai à ce nouveau tourment.

L'odeur infecte que j'aspirois, étoit un composé de tout ce qu'il y a de plus horrible : le conduit qui traversoit mon cachot étoit précisément celui de l'infirmerie des scorbutiques : on y jetoit toutes leurs saletés. Il étoit impossible que les parties volatiles des excrémens, des emplâtres de ces malheureux n'affectassent pas mes poumons; je finis par en éprouver l'effet; il fut épouvantable.

Que ceux dont les organes trop délicats ou l'ame trop flexible ne peuvent se fixer sur ces affreux tableaux, détournent les yeux de celui que je vais tracer; j'en préviens mes lecteurs, il sera terrible.

Le scorbut, dont j'étois attaqué, se déclara par une lassitude dans tous mes membres, et des douleurs insupportables qui m'empêchoient également de rester debout et de m'asseoir. En moins de dix jours, mes jambes, mes cuisses furent prodigieusement enflées; tout le bas de mon corps depuis les reins étoit absolument noir; mes gencives se gonflèrent, mes dents s'ébranloient, et ne me permettoient plus de broyer mon pain. Déjà il ne m'étoit plus possible de me traîner près du guichet pour donner au veilleur mon écuelle; on ne me donnoit plus de soupe : depuis trois jours je n'avois pris aucune nourriture ; j'étois étendu sur mon lit, sans forces, sans mouvemens, et presque sans connoissance ; on me laissoit dans cet horrible état, on n'avoit pas même daigné y faire la plus légère attention.........

Quelques-uns de mes voisins voulurent me parler, je ne pouvois pas leur répondre ; ils me crurent mort : ils appelèrent ; on vint, j'étois expirant. Le chirurgien me fit mettre sur un brancart, et porter à l'infirmerie.

Me voilà donc encore sur un nouveau théâtre : celui-ci fait horreur. La salle dans laquelle on me mit, se nomme, je crois, l'infirmerie de Saint-Roch ; rien ne peut égaler l'affreuse malpropreté qui règne dans ce lieu, que la dureté, l'insensibilité qu'y éprouvent les malheureux qu'on y traîne : hélas ! c'est pour abréger sans doute leurs maux et non pour les guérir, qu'on les y envoie.

A une des extrémités de cette salle, sont les vénériens : ce ne sont pas seulement ceux de Bicêtre ; il y en a de toutes les prisons. Le reste de la salle est occupé par les scorbutiques : lorsque le nombre en est considérable, et il l'est toujours, on met les lits près l'un de l'autre, on pose les matelats en travers, et on entasse les malades les uns sur les autres :

l'un expire à droite, celui qui est à gauche est déjà mort; et c'est sur ce spectacle que le malade promène sans cesse ses yeux et sa douleur.

C'est là peut-être le moindre des inconvéniens. Il est difficile que des draps qui ont servi au traitement d'un scorbutique, puissent jamais devenir propres et blancs : on les laisse sous lui pendant tout le tems que dure ce même traitement, quelquefois cela passe six mois : ce qui m'est arrivé à moi-même. Pendant tout ce tems, les draps s'imprègnent de styrax, de la sueur du malade, et de la substance de son mal. Ils ne sont bientôt plus qu'un fumier infect et dégoûtant; et dans cet état, on a l'atrocité de les faire servir pour un autre! On les passe dans de l'eau, il est vrai, ou si l'on veut, dans de la mauvaise lescive ; mais ces draps ainsi pourris seroient bientôt déchirés, si on ne les lavoit avec beaucoup de ménagemens; et il importe de les user le moins possible. D'ailleurs, après un premier traitement, imprégnés comme je l'ai dit, de styrax et d'onguens, ils sont à peu-près comme une emplâtre ; et on a soin de ne pas trop délayer cette graisse, qui leur donne plus de corps. C'est dans cet état qu'on les sert au

malheureux qui va pendant plusieurs mois les
imbiber de ses larmes.

Venons aux infirmiers maintenant; les très-
économes administrateurs de Bicêtre se gardent
bien de prendre, pour en faire les fonctions,
des étrangers qu'il faudroit payer : n'ont - ils
pas dans les salles de force, par exemple,
une foule d'hommes vigoureux qui, échappés
du gibet ou de la roue, sont trop heureux
encore de n'être soumis qu'à garder et à soi-
gner des malades. C'est ordinairement les prisonniers de cette classe qu'on charge de ces
fonctions à Bicêtre : quels soins, quelle compassion attendre de pareils êtres ? On en met
deux dans chaque salle d'infirmerie. Leur
paiement est une double portion de pain et
de viande, et ensuite tout ce qu'ils peuvent
voler à leurs malades, c'est-à-dire, tout ce
que ceux-ci possèdent : ils s'approprient tout.
Je n'avois qu'un mauvais mouchoir et une
tabatière ; ils ne purent dès-lors me prendre
que cela, mais aussi ils me traitèrent en conséquence ; car le plus ou le moins de dureté
et de barbarie qu'ils montrent envers un malade, est proportionné au gain qu'ils font
avec lui. Leurs égards toutefois ne peuvent
se porter en aucun cas jusqu'à faire son lit ;

pendant six mois entiers que j'ai passés à l'infirmerie, je ne leur en ai pas vu toucher un seul.

Mes infirmiers, mécontens de ma dépouille, me donnèrent les draps les plus sales, et me placèrent entre les deux scorbutiques les plus dégoûtans. Tous deux étoient estropiés, impotens; et tous deux étoient des scélérats. L'un nommé Langlet, condamné par arrêt à un bannissemant perpétuel, étoit cependant resté dans Paris : il fut se vendre lui-même pour dix-huit francs à un exempt de police, et fut conduit à Bicêtre.

Ce fait paroît incroyable; je puis le prouver. En général, je ne me permets, comme on peut le remarquer, aucunes réflexions. Ceux qui lisent de semblables détails, ne peuvent guère consulter que leur cœur; et sans doute, ils n'ont pas besoin d'impressions étrangères.

Qu'elle foule d'idées épouvantables vinrent m'accabler pendant la première nuit que je passai sur cet infâme grabat! Mon unique espoir étoit que la mort viendroit enfin mettre un terme à tant de maux; mais je ne la voyois s'approcher qu'à pas lents, hélas! et je me trompois encore.

Ce ne fut que lendemain que je vis le chi-

rurgien-major : après m'avoir examiné, il me
dit : « mon ami, je vais vous couper toutes
les chairs baveuses qui vous couvrent les dents ».
Après avoir déployé tous ses instrumens, il
me fit vingt scarifications dans la bouche ; puis,
avec des ciseaux, il me tira ou coupa plus
d'une once de chairs noires qui couvroient
les dents et les gencives : il fut forcé, pendant mon traitement, de répéter cette cruelle
opération chaque quinze jours ; lorsqu'il la
faisoit, le sang couloit de toutes les parties
de ma bouche, et arrosoit mon visage et
mon corps.

On me mit ensuite ce qu'on appeloit là des
embrocs. Ce sont des emplâtres de styrax.
Deux fois par semaine les infirmiers traînent,
auprès de chaque lit, un grand vase de cuivre,
dans lequel ils ont fait fondre soixante à
quatre-vingt livres de cet onguent. Ils en
imbibent quatre grandes feuilles de papier gris,
dont ils enveloppent ensuite les jambes et les
cuisses du malade : plus ce styrax est chaud,
plus il pénètre à travers les pores, et dissoud
mieux le sang coagulé dans les veines du scorbutique. Très-souvent les infirmiers instruits
de cela, abusent de la permission qu'on leur
donne d'administrer ce rémède un peu chaud,

et brûlent le malheureux qu'on les charge de guérir.

Il y avoit moins de six semaines que j'étois sur ce lit de douleurs, entouré des deux scélérats avec lesquels on m'avoit placé, et déjà mes draps étoient pourris ; on me les a laissés six mois entiers! jamais on n'a pensé même à essuyer les ordures, que mes compagnons ou moi y répandions sans cesse ; souvent nous n'avions pas la force ou le courage de cracher sur le plancher : le sang qui couloit de nos gencives, le pus de nos plaies venoient s'y mêler, et tout cela tomboit sur la partie du drap, dont il falloit se servir pour s'essuyer le visage, la bouche, et trop souvent les yeux toujours remplis de larmes. On ne nous donnoit aucun linge ; mes infirmiers m'avoient pris mon uniqne mouchoir. Toujours et pour tous les usages, il falloit donc avoir recours au même drap : il étoit aussi notre unique nappe; on nous jétoit dessus sans pitié le pain , la viande et tous les détestables alimens , que nous étions réduits à manger.

Et les monstres qui présidoient, qui dirigeoient cet affreux régime , étoient des hommes ; ils avoient non une ame , sans doute , mais du sang dans les veines ! .... Hâtons-

nous, j'ai beaucoup à dire encore; mes forces
s'épuisent, bientôt je succomberois au tourment de raconter ces horreurs. Ces récits dégoûtans et affreux font souffrir d'ailleurs mes
lecteurs. Je le sens, Je le vois : mais je ne
puis pas leur en épargner les détails. Ces mêmes
horreurs dont le récit les révolte , qu'ils se
rappellent que JE LES AI SUPPORTÉES.

Je viens de céder à un élan de mon ame qui
se révolte au souvenir seul des administrateurs de cette maison ; je me trompois peut-
être, une idée me presse et je dois la dire.
N'auroient-ils pas eu dans leur code sécret , des
loix particulières qui faisoient un devoir de
ces atrocités : les tyrans qui les ont dictées
ont cru, sans doute, obéir à leur conscience,
qui leur défendoit d'assassiner ; et ne pouvant
plonger un couteau dans les entrailles des
malheureux qui, comme moi, leur étoient soumis ; ils ont préféré épuiser en eux la nature,
les entourer de la douleur et de la mort. Leur
calcul n'étoit que trop exact : il n'y avoit pas
de jour qu'il n'en périt plus de cinq ou six.

Il étoit impossible qu'au milieu de cette
fange dans laquelle je croupissois, la vermine
ne vînt pas aussi accroître mon supplice ; elle
me dévoroit presque toutes les parties du corps,
et je finis par en être rongé.

Tel fut mon état pendant tout le temps que la violence de mes maux me retenoit sur mon lit ; il devint, s'il est possible, plus affreux quand la douleur devenue moins forte , me permit de soulever ma tête, et de promener mes regards sur tout ce qui m'environnoit.

Une des choses qui me frappèrent le plus, parce qu'il étoit difficile que rien m'indignât davantage , fut la scélératesse de l'homme chargé de la police des infirmeries ; il se nommoit d'Hautin. Cet homme étoit stipendié par la maison ; il avoit cinquante écus de gage. Certainement l'imagination la plus active inventeroit à peine toutes les horreurs que je viens de rapporter, et celle que j'ai à citer encore : c'étoit cet homme qui les commettoit ; elles sont toutes son crime. Il voloit aux prisonniers très-régulièrement tout ce que les infirmiers avoient oublié , en les dépouillant ; il leur voloit une partie du bois qu'on donnoit pour le chauffage de la salle ; il leur voloit, et ceci est plus atroce encore, une partie de leur pain. On en donnoit un chaque jour de quatre livres, pour quatre malades : d'Hautin en faisoit cinq parts, il s'en approprioit une ; en sorte que sur cent livres de pain, que l'on distribuoit à - peu - près journellement dans chaque salle d'infirmerie , il en prenoit vingt.

On s'explique des scélératesses ; mais celles
de ce genre sont difficiles à concevoir. Qui
pourra se promettre de trouver en lui-même
assez de courage pour soutenir l'idée de celle
que je vais rapporter : car c'en est une, sans
doute, c'est un crime, qu'une horrible mal-
propreté qui peut causer la mort, et qui trans-
forme en poison le breuvage que l'on donne
pour rappeller à la vie. De quel nom appel-
lera-t-on ce que je vais raconter ? Il y a deux
faits ; je commence par le moins atroce.

En entrant dans l'infirmerie à droite, il y
a une petite chambre qui a dix pieds de longueur environ sur huit de largeur. On trouve
derrière la porte un grand baquet, qui a la
forme à-peu-près d'une baignoire ; tous les
matins, on y jette cinq à six seaux de tisanne
pour tous les malades de la salle, auprès de
ce baquet il y a une fontaine de cuivre, et à
côté une grande table ; c'est sur cette table
que l'on fait des emplâtres ; c'est près de ce
baquet que tous les malades viennent savonner
et laver leur bas, leurs mouchoirs et tous les
linges sales et dégoûtans, dont ils se sont ser-
vis dans leur traitement. La table et la fontaine sont tout près du baquet qu'ils dominent
de plus d'un pied, et qui devient nécessairement alors, et plus encore par l'extrême in-

souciance de ceux qui en approchent , le réceptacle de toutes les ordures que produisent et le blanchissage et les onguens. Il y a plus : très-souvent la fontaine est vide ; alors ceux qui viennent faire leur lescive , prennent la tisanne pour suppléer à l'eau qui leur manque : et pour cela ils se servent d'une cruche dans laquelle boivent les malades , quand ceux - ci en ont besoin , ils la trouvent pleine de l'écume du savon et de saletés de toute espèce : ils sont obligés de s'en servir dans cet état , et ce qui est plus révoltant , ils sont obligés de s'en servir tous : c'est le seul vase qu'on donne pour une centaine de malades qui presque tous ont les gencives pourries , la bouche pleine de chancres , d'ulcères , de plaies de toutes les espèces. Le convalescent , le malade, et le moribond boivent tous dans cette même cruche, l'un après l'autre ; quand un d'eux a pris plus de tisanne qu'il ne peut en avaler , il rejette le reste dans le baquet , ou le passe à son camarade , qui est forcé de le boire.

Je voulus faire quelques observations à d'Hautin ; je lui dis qu'il en couteroit moins de douze livres , pour faire les légers changemens nécessaires pour éviter aux malades ces dégoûtantes et dangereuses mal-propretés ;

il me répondit, avec une insolente dureté, que j'étois bien délicat.

Encore un article, et nous nous empresserons de fuir cet infâme séjour.

Chaque semaine on purge tous les scorbutiques ensemble : voici comme se fait cette opération. A la pointe du jour, les infirmiers apportent des cruches pleines de médecine; l'un d'eux tient le gobelet que l'autre remplit, près du lit de chaque malade : on conçoit bien qu'on n'eût jamais l'idée de le rincer. Ce seroit peu si on n'avoit à reprocher que cela. Mais très-souvent ces malheureux n'ont pas le courage de boire ce calice en son entier, et laissent dans le vase une partie de leur boisson : d'autres, cédant à un sentiment de dégoût que l'amertume du breuvage, ou plutôt le spectacle dont ils sont témoins, leur inspirent, rejettent dans le verre une partie du breuvage que, comptant trop sur leurs forces, ils avoient cru pouvoir avaler, et qui n'a fait que laver les plaies de leurs bouches saignantes et pourries : eh bien! on a l'atroce barbarie de faire boire ce reste au malade qui se trouve à côté, et qui vient d'être témoin des préparatifs de ce supplice (1) ! Son cœur se

_____

(1) J'ignore si ces horreurs se pratiquent encore à

soulève

soulève, tous ses sens se révoltent et se bouleversent; il détourne la tête avec horreur de ce breuvage; il invoque la pitié, l'humanité; on lui répond (2): *que les médecines sont chères, et qu'on ne doit rien en jetter*: on emploie, s'il le faut, la violence, et on lui fait avaler la mort.

Arrêtons-nous; j'ai beaucoup à dire encore; mais je dois ménager ceux qui ont eu la force de lire ce passage; il faut suspendre mes récits. Ecoutons bien plutôt, pour soulager un moment notre ame, l'indignation qui nous presse et nous commande. Voilà donc le sort que m'avoient réservé mes féroces oppresseurs : ont-ils amassé sur ma tête assez de tourmens? leur rage est-elle enfin assouvie? et moi, ai-je acquis assez le droit de les abhorrer, de les poursuivre, et d'en tirer vengeance? Je les en préviens, elle sera terrible; et dans mon cœur, elle devient une vertu. Il est tems que le public apprenne à connoître ces

---

Bicêtre; mais je le jure, je n'ai pas dit un mot qui n'apportât exactement ce qui s'y faisoit il y a moins de dix ans; et ce dont j'ai été le témoin et la victime.

(2) C'est à moi-même qu'on a tenu cet odieux propos.

idoles qu'il a si lâchement encensées ; il est
tems que le voile qui les couvroit tombe enfin ;
et c'est à moi qu'il convient de l'arracher.
Toutes les journées, toutes leurs nuits ont été
marquées par des crimes ; je les dévoilerai. Mon
agitation, mes transports ne peuvent être
vains ; oui, je le sens à ma fureur. Ce sont des
éclairs qui promettent, qui devancent la foudre.

Mais que dis-je ? qu'ai-je besoin de chercher,
dans les actions de leur vie, d'autres forfaits
pour en faire des objets d'horreur ; pour les
dévouer à l'exécration des hommes et à la
sévérité des loix ? Leurs crimes envers moi ne
surpassent-ils pas tous les crimes, tous les
forfaits ? et de quoi ne sont pas capables
ceux qui ont pu les commettre ? Qu'on se
rappelle tout ce que j'ai souffert ; qu'on réflé-
chisse que pendant trente-cinq années entières
mes persécuteurs ont fait sans cesse de mes
sens, de ma raison, de mon esprit et de mon
coeur, autant d'instrumens des plus affreux
supplices : qu'on observe que l'histoire ne nous
fournit aucun exemple d'un homme si long-
tems et si cruellement tourmenté. Oui, l'histoire, dans la liste nombreuse de vices,
de crimes qu'elle a tracée, ne nous présente
rien peut-être d'aussi atroce que la lente

et froide cruauté de mes ennemis ; d'aussi déplorables que mes longues infortunes. Job a moins souffert que moi ; Job, dont la fable touchante ne paroît être qu'une parabole ingénieuse qui a pour but de nous apprendre comment il faudroit supporter les évènemens heureux ou malheureux de la vie ; Job, qui étoit l'instrument du Dieu qui nous éclairoit, et à qui ce divin consolateur avoit donné des forces, des facultés nouvelles pour endurer ses maux avec courage, pour puiser même le bonheur dans l'infortune ; et moi, je n'avois, pour supporter la mienne, qu'une ame foible et sensible ; tout me livroit à mon désespoir, tout m'en accabloit.

Quel avoit donc été mon crime ? à l'âge de vingt-trois ans, égaré par un accès d'ambition qui n'étoit que ridicule, je déplus à la marquise de Pompadour, je l'offensai si l'on veut, et c'est accorder beaucoup (1). A quarante ans, épuisé par dix-sept années de captivité et de larmes ; cruellement persécuté,

_____

(1) Oui beaucoup, quoiqu'en ait pu dire le membre de l'assemblée constituante qui étoit mon rapporteur et mon juge, et qui, pour n'avoir pas daigné s'instruire, m'a traité un peu plus légérement et sur-tout beaucoup plus cruellement que n'avoient fait mes persécuteurs.

E 2

lâchement abusé par M. de Sartines ; je lui écrivis avec le courage, l'indignation de l'innocence que l'on persécut. ; et M. le Noir devint ensuite l'ami de M. de Sartines....

Bien des personnes auront accusé de lâcheté, la constance avec laquelle j'ai supporté tant de tourmens, et dévoré tant d'outrages. J'aurois beaucoup à leur répondre, je ne dirai qu'un mot. J'étois accusé d'un crime, d'une bassesse ; mes parens, mes amis, mes connoissances s'étoient habitués à me croire coupable ; devois-je justifier, confirmer ces soupçons ? devois-je mourir sans avoir confondu mes ennemis ? devois - je mourir sans être vengé ? non, il falloit que je survécusse à mon supplice. Et je veux bien ne parler ici que le langage de ceux à qui j'adresse cette réponse ; je devenois vraiment criminel, si j'avois succombé aux pressantes et continuelles impulsions qui me portoient à abréger ma misère. Le dirai-je, l'espoir de triompher un jour de mes ennemis ; l'espoir de jouir du bonheur de les voir punis et expiant leurs forfaits, a toujours soutenu mon courage ; jamais peut-être il ne s'est éteint un seul instant dans mon cœur. En entrant à Bicêtre, voulant substituer un autre nom au mien, que je craignois de souiller en l'y portant ; j'ai pris par cette raison , celui de *Jedor* ; faisant allusion à celui d'un chien, placé au-dessus de la citadelle d'une de nos villes , tenant entre ses pattes un os , avec ces mots : « je me répose en rongeant » mon os , en attendant le jour où je mordrai » celui qui ma mordu ». Ce nom me rappelloit sans cesse ma situation ; et chaque fois que je le prononçois ou que je l'entendois prononcer, le grincement de mes dents, le serrement de mon ame m'apprenoient que je n'attendois que le jour et l'occasion qui me conduiroient à la vengeance. Un sentiment sécret paroissoit m'apprendre que , si depuis tant de siècles , des administrateurs audacieux et corrompus, habitués à braver le peuple qu'ils méprisoient, joignant l'abus de la puissance à l'activité de l'intérêt , osoient élever leur autorité sur les débris du trône , et sur la confusion de tous les pouvoirs, prostituoient insolemment l'honneur de l'état , ses richesses et la substance du pauvre , à leurs scandaleux plaisirs ; ou les employoient à acheter le mépris et les bassesses d'une foule de courtisans, occupés à les flatter et à corrompre leur maître ; il arriveroit tôt ou tard l'instant où ce peuple se réveilleroit enfin, au bruit et à la pésanteur de ses chaînes;

que je jouirois de l'époque glorieuse à laquelle,
honteux de son avilissement , il apprendroit
lui - même à ces despotes insolens, qu'il n'est
pas fait pour obéir , et qu'à lui seul appartient
le droit de commander ; que la nature qui
l'a fait libre , ne lui a point créé de chef; et
qu'il ne doit connoître pour tel que la loi
qu'il s'est donnée.

Victime trop célèbre et trop malheureuse
du despotisme des grands, de l'oppression des
ministres; quel bonheur ! quel triomphe pour
moi ! de voir enfin les ministres et les grands,
redevenus ce qu'ils n'auroient dû jamais cesser
d'être ; des hommes et des citoyens.

Mais je cède trop au plaisir de m'arrêter à
ces brillantes images : j'oublie que j'ai à parler
encore de despotes et de tyrans, et qu'il faut
que je ramène mes lecteurs dans l'horrible
repaire d'où je me suis vu forcé de les faire
sortir un moment pour reprendre de nouvelles
forces.

On se rappelle qu'on m'y a laissé étendu
sur un lit infect; couvert, entouré de fange,
comprimé entre deux scélérats dont les corps
pourris et corrompus exhaloient la contagion
de la mort, rongés par des insectes ; tant de
maux, augmentés encore par les chaleurs de

l'été, qui rendoient tous ces venins plus actifs; et pour comble d'horreur, en proie à tout ce que la dégoûtante mal-propreté de mes gardiens, leur froide et insultante barbarie peuvent rassembler de plus cruel. Qui n'eût pensé en me voyant, pendant cinq mois entiers, dans cet état affreux, ne pouvant même jouir de la triste faculté de mouvoir mon corps; qui n'eût pensé, dis-je, que ce fumier infâme devoit enfin devenir mon tombeau. Le chirurgien-major ne put me cacher sa surprise quand il me vit survivre à tant de morts.

Au bout de cinq mois, on essaya de me tirer pour la première fois de mon lit : on m'ôta les embrocs, et je fus débarassé de cette masse de papiers, d'onguens et de linges qui les enveloppoient; mais ce fut bien pis alors : je me crus absolument estropié. L'âcreté des humeurs scorbutiques avoit si violemment attaqué mes nerfs, que tous les tendons de mes jarets étoient raccourcis; je tentai envain de me soutenir; il ne ne me fut pas possible: on me donna des béquilles, à l'aide desquelles j'essayois peu à peu de me tenir debout. Quand après cela, je voulus penser à me vêtir, je ne trouvai plus de culotte; les infirmiers sans doute me les avoient prises : on ôta devant

E 4

moi au cadavre d'un malheureux qui venoit
d'expirer, une paire de calçons pourris, dont
on me força de me servir.

Quelques semaines d'exercice et de prome-
nade autour de mon lit, à l'aide de mes béquilles, suffirent pour faire circuler toutes les
humeurs âcres qui s'étoient fixées dans mes
jambes; et bientôt il me fut possible de me tenir droit et de marcher. Je demandai alors avec
instance ma sortie de l'infirmerie; deux gardes
vinrent me chercher : je m'attendois à être
reconduit dans mon cachot; quel fut mon
étonnement de me voir placé dans une chambre
moins mal-saine, mieux éclairé, plus propre,
et d'où je pouvois voir la campagne et tous
ceux qui entroient par la cour royale. Faut-il
attribuer cette faveur à la méprise de mes gardiens; ou seroit-il possible qu'un reste d'humanité ait pu les animer encore?

Un autre avantage bien précieux dont je
jouis dans ce nouveau logement, c'est que j'y
étois un peu moins mal avoisiné que dans
l'autre; et je pouvois plus facilement voir
les prisonniers et leur parler. Nous établîmes
entre nous une sorte de petite liaison. Nous
nous rendions mutuellement quelques services:

j'écrivois des lettres aux uns , je composois des placets pour les autres ; et lorsque leurs parens ou amis leur envoyoient quelques secours , ils m'en faisoient part. Je recevois d'eux tantôt un peu de tabac, tantôt un morceau de viande , ou du pain moins dur et moins amer que celui qu'on nous forçoit de manger. Cet état commençoit à devenir trop paisible et trop doux ; je n'étois pas destiné encore à de si vives jouissances.

Tous les jours il vient à Bicêtre une foule de curieux auxquels on fait voir la maison : dans ce nombre, il y en a quelquefois que la compassion , la charité seules y conduisent. Ils consolent les prisonniers, ils les soulagent, ils les sécourent : souvent ce sont des gens en crédit ; ils acceptent alors les placets de ces malheureux ; et plus d'une fois on en a vu solliciter près des ministres , et obtenir leur liberté.

Résolu à employer encore cette voie , je tins mon placet tout prêt, je n'attendois plus que l'arrivée de quelqu'un dont l'extérieur m'annonçât de la puissance et de la bonté. Je crus rencontrer tout ce que je pouvois désirer, à la vue d'une jeune dame qu'on nous dit être une princesse de la maison de Bouillon , et

que plusieurs officiers de la maison entouroient
avec des marques de respect, en lui montrant
toutes ces tristes curiosités.

Je vis beaucoup de prisonniers lui jeter
des placets, à mesure qu'elle passoit sous leurs
fenêtres ; je fis tomber celui que j'avois préparé, lorsque je la vis sous la mienne. Mal-
heureusement le sieur Leleu, contrôleur de la
maison, qui le vit tomber, le ramassa, et le
mit dans sa poche.

C'étoit un crime pour moi d'oser me plaindre,
mon placet ne contenoit que des détails vagues
sur ma misère ; je n'attaquois, je ne nommois
personne ; mais n'importe, je me plaignois,
et je fus traité en criminel. Deux jours après,
un sergent et quatre gardes vinrent me prendre
et me conduisirent dans un cachot, plus affreux
encore que tous ceux que j'avois déjà si long-
tems habités.

Il semble qu'il y avoit une furie infernale
acharnée à ma perte, et qui planant sans
cesse sur ma tête, n'étoit occupée qu'à y
secouer son flambeau.

Je me retrouvai bientôt en proie à toutes
les anciennes horreurs dont j'étois, depuis
quelques semaines, un peu délivré. Je ne vis
plus autour de moi que des scélérats ; je me

fus plus entouré que du crime ; je n'entendois
plus que son langage : on frémiroit si je rap-
portois quelques traits de ces horribles conver-
sations. J'aurois bien voulu pouvoir distraire
et occuper mon esprit, mais je n'avois pas
un obole pour acheter une feuille de papier ;
je me vis réduit pour m'en procurer, ainsi que
de l'encre et une plume, à vendre mon pain
noir, et à disputer encore aux cochons de la
Voiron, quelques croutes de pain qu'on me
ramassoit dans les balayures, pour remplacer
celui que je vendois.

Un évènement heureux apporta, peu de
tems après, un léger adoucissement dans le
sort de tous les prisonniers, et fut pour moi
le présage des jours du bonheur. Madame Necker vint à Bicêtre : cette femme respectable
n'a besoin ni de son rang, ni de son nom pour
obtenir des hommages; par-tout la bienfaisance,
la vertu l'accompagnent, et par-tout les bénédictions du pauvre étoufferont les cris insen-
sés de la malignité, et la consolent des efforts
de l'envie. Ce ne pouvoit être une vaine et
froide curiosité qui la conduisoit dans ce lieu
de désolation ; les larmes qu'elle verse sur
l'infortune sont rarement stériles : ne pouvant
satisfaire tous nos besoins, elle s'occupa au

moins de celui qui nous pressoit, qui nous tourmentoit le plus. Prévenue par les prisonniers, qu'on ne leur fournissoit pas même assez de pain pour suffire à leur nourriture, elle fit à l'instant une fondation, dont l'objet étoit, qu'à la venir ils en reçussent un quarteron de plus par jour. C'est à sa généreuse sensibilité, que l'on doit de ne plus entendre dans Bicêtre, depuis ce moment, les cris et les heurlemens de la faim.

J'ai dû dans la suite, à cette vénérable protectrice, ma liberté et ma vie ; je rapporterai ce qu'elle a fait pour moi, ce que ma respectueuse reconnoissance m'inspire pour elle : combien je dois être fière de ses bienfaits ! Je ne parle à ce moment que de celui dont je partageai le fruit avec tous mes malheureux compagnons ; elle ne me distingua pas d'eux alors : mais c'est du jour qu'elle vint nous consoler par sa présence, que le sort parut cesser de me poursuivre : eh ! qui mieux qu'elle, pouvoit le fixer enfin et me le rendre favorable ! Qui mieux qu'elle, pouvoit ranimer les forces du génie tutélaire qui paroissoit depuis ma naissance combattre pour moi, mais qui avoit été si souvent et si long-tems vaincu par son redoutable adversaire. Cependant je

me ressentis encore plus d'une fois des coups
qu'ils se portoient, et si je fixe à cette époque
l'instant où se préparoient les changemens qui
devoient un jour assurer mon bonheur ; je ne
les connoissois pas, je n'en jouissois pas alors ;
j'avois à dévorer encore un des tourmens que
j'avois déjà endurés ; mais qui n'avoit été ni
aussi cruel, ni aussi dangereux.

Après avoir supporté, vaincu tant d'ennemis qui s'étoient réunis pour m'accabler, je
faillis devenir la proie de la vermine et succomber à la douleur qu'elle me causa. L'obscurité de mon cachot, la foiblesse de ma
vue usée par les larmes, ne me permirent pas
de me délivrer, dans les commencemens, de
la foule de poux qui vinrent encore une fois
me ronger ; bientôt j'en fus couvert, et tout
mon corps devint leur pâture. Les démangeaisons affreuses qu'ils me causoient, la rage
que j'éprouvois de ne pouvoir les détruire et
les vaincre, me portèrent à me gratter avec
tant de violence, que je me déchirai le corps ;
quelquefois, à la suite d'un de ces accès, je
trouvoi mes ongles, mes doigts ensanglantés.
Il se forma ensuite des croutes dans ces parties ;
mes jambes, mes cuisses en étoient couvertes ;
la vermine finit par se loger sous ces croutes ;

et là, hors de toute atteinte, ils mordoient, ils rongeoient la chair vive; j'éprouvai des dou-leurs inexprimables. Bientôt ils pullulèrent tellement, que mon corps entier en fut couvert, je ne goûtois plus de repos; j'étois devenu absolument la pâture de cette dégoûtante ver-mine : quel supplice , grand Dieu ! quelle mort épouvantable !

Telle étoit mon affreuse situation, lorsque le 15 septembre 1781 , sur les six heures du soir, je m'entendis appeller par tous ceux de mes camarades, voisins de mon cachot: « Père Jedor, me crièrent-ils, suivant la dénomination affectueuse qu'ils m'avoient donnée , voilà M. le président de Gourgue qui est dans la cour royale ; grande , excellente nouvelle » ! Je demandai ce qu'ils entendoient par-là ; ils m'apprirent que ce magistrat, juste et sensible, venoit quelquefois voir les prisonniers , et jamais sans en délivrer quelques-uns. Ils s'of-frirent à l'appeler pour m'obtenir un moment d'audience, il les entendit ; et d'après leurs indications, il se plaça à l'ouverture de mon cachot , par laquelle entroit quelques foibles rayons de lumière : il me parla avec bonté , il m'encouragea par une foule de questions , à lui faire le récit de mes infortunes; je lui répondis avec confiance; mais je vis bien que je ne pouvois détruire ses soupçons. L'excès même des maux que j'ai soufferts, et de l'audace de mes ennemis a toujours été leur défense : parce que toujours on s'est refusé à croire qu'il y eût des hommes assez lâches pour oser tenir une conduite aussi atroce ; logique affreuse, trop excusable peut-être, mais qui assureroit cependant l'impunité des grands scélérats.

M. le président de Gourgue, après avoir écouté mes réponses et tous mes discours avec le plus vif intérêt, me dit : « Il faudroit n'avoir pas un cœur, pour n'être point touché de la plus vive compassion, en vous voyant dans ce lieu affreux, après trente-deux années de tourmens et de captivité : trente-deux années ; ah ! que cela est long ! Si les tribunaux pouvoient vous faire rendre justice, vous n'y languiriez plus long-tems : votre plus grand malheur est d'y être retenu en vertu d'une lettre-de-cachet. Cependant je ne désespère pas de vous servir efficacement : envoyez-moi un mémoire bien détaillé de tous vos malheurs ; je vous recommande sur-tout la plus grande sincérité, vous vous perdriez, en me cachant quelque chose ; comptez sur moi, vos malheurs sont trop

grands , pour que je puisse vous oublier.
Adieu ».

En finissant ces mots, ce vertueux magistrat
dit à un commis du bureau, qui l'accompagnoit:
« dès - que ce prisonnier aura préparé son
mémoire , je vous charge de le faire porter
chez moi ».

La foiblesse de ma vue , l'obscurité qui
régnoit dans mon cachot, m'avoient empêché
de distinguer les traits de M. de Gourgue , et
d'examiner les mouvemens de son visage :
mais à peine fut-il sorti , que le garde qui
l'avoit accompagné , et à qui j'avois inspiré
de la compassion, accourut près de moi pour
me faire part de toutes ses observations : j'ai
vu, Monsieur, dit-il, M. de Gourge verser des
larmes au récit de vos infortunes; soyez cer-
tain qu'il ne vous abandonnera pas.

Pendant toute la soirée , les prisonniers ne
s'entretinrent que du bonheur d'avoir vu cet
homme de bien ; il venoit souvent dans cette
maison, il y trouvoit quelquefois des malheureux qu'il avoit condamnés : et ceux - là
joignoient leurs bénédictions à celles de tous
les autres : combattant ainsi par leur exemple,
l'opinion du Prophète-Roi qui dit ; que les
damnés ne loueront point le Seigneur dans
les enfers.   On

On conçoit que je m'empressai à faire le mémoire que le président de Gourgue m'avoit demandé : pendant neuf jours je vendis mon pain, pour me procurer du papier ; car, malgré les ordres donnés par ce magistrat, de me permettre de faire ce mémoire et de le lui adresser, on ne me fournit rien de ce qu'il me falloit pour y travailler. Je le rédigeai avec mon ame ; j'épanchai avec confiance toutes mes douleurs dans celle de ce bon et sensible protecteur ; je n'omis aucun fait : je dis tout sans aigreur, mais sans ménagement. Je me gardai bien de confier ce mémoire à aucun des officiers de Bicêtre ; il eût été lu sans doute, et je savois trop comment on me punissoit de me plaindre. Pour prévenir ce nouveau malheur, je vendis une chemise et une paire de bas de soie qui m'étoient restées, et que je conservois avec soin pour le jour de ma sortie : avec l'argent que j'en tirai, je chargeai de ma commission le veilleur, qui avoit déjà porté precédemment plusieurs de mes lettres. J'ignore si cet homme étoit ivre, et par quel coup heureux du sort, il laissa tomber et perdit dans Paris mon paquet ; une divinité bienfaisante dirigea sans doute ce hasard.

Tome II.   F

Qu'il me tardoit d'arriver à cette époque de ma vie ! Toutes les fois que je me la rappelle, mes douleurs s'appaissent, je serois presque tenté de dire que mes maux me deviennent chers.

Jusqu'ici le récit de mes avantures excitoit tour-à-tour l'horreur et la pitié ; ce qui me reste à en apprendre, fera naître l'admiration. On s'étonnera du mélange de vertus et de crimes qui va lier dorenavant tous les évènemens de ma vie ; et les larmes consolantes et douces qu'on versera à la vue des tableaux que je vais parcourir, calmeront l'indignation qui a dû pénétrer l'ame de tous mes lecteurs ; et qui l'agite depuis le commencement de ces mémoires.

Une jeune femme trouve ce paquet, dont heureusement l'humidité avoit déchiré l'enveloppe et ouvert le cachet ; elle cherche la signature, et frémit en lisant : Masers de Latude, *prisonnier depuis 32 ans à la Bastille, à Vincennes, et maintenant à Bicêtre, au pain et à l'eau, dans un cachot à dix pieds sous terre.* Elle rentre chez elle et lit avec avidité les détails circonstanciés de mes infortunes : elle prend une copie du

mémoire, renvoie l'original à son adresse; le
relit encore. Son ame sensible s'attendrit et
s'indigne : mais douée d'un esprit juste et d'une
raison exquise, elle réprime ses premiers mouvemens; elle s'informe, combine tout, calcule
les évènemens, et emploie six mois à vérifier
tous les faits que j'annonçois.

Convaincue de mon innocence, elle osa
tenter de me délivrer; et elle y a réussi, après
plus de trois ans de soins multipliés et d'efforts
imcompréhensibles. Quelle ame ne seroit at-
tendrie par le récit touchant des moyens qu'elle
employa, des obstacles qu'elle eut le courage
de surmonter, non-seulement pour se faire entendre, mais même pour se faire écouter ?
Sans parens, sans amis, avec peu de fortune,
sans protection, elle a tout entrepris. Il falloit
intéresser des grands seigneurs, des hommes
en place; elle se présente et parlant avec cette
éloquence de l'ame, dont l'esprit n'est que le
froid mensonge, elle émeut, elle attendrit. On
lui donne des espérances; on la trompe; on
la repousse. Elle insiste, se représente : cent
fois elle revient à la charge. Les amis, que
sa vertu lui avoit faits, tremblent pour ses
jours, sur-tout pour sa liberté; elle résiste à

F 2

leurs réclamations, à leurs vives instances.
Grosse de sept mois, elle alloit à pied à
Versailles au milieu de l'hiver : de retour chez
elle, épuisée de fatiques, le cœur froissé par
des refus, elle travailloit une partie de la
nuit ; retournoit le lendemain à Versailles,
revenoit à Paris : ranimoit par sa chaleur de
froides et d'anciennes promesses : enfin, au
bout de 18 mois, elle trouve le moyen de
venir me communiquer son courage et ses
espérances ; pour la première fois je la vois,
je connois ses bienfaias : pour la première fois,
elle est en présence du malheureux pour lequel
son ame sensible avoit déjà tant souffert.

Alors elle retrouve de nouvelles forces ;
elle brave tout. Souvent dans la même journée,
elle alloit voir son enfant qu'elle avoit mis
en nourrice à Montmartre ; et de-là venoit à
Bicêtre me consoler et porter quelque léger
adoucissement à mes maux. Enfin, après trois
ans de soins, de démarches, de refus accu-
mulés, elle triomphe ; je suis libre !.....

Au récit de semblables faits, est-il un homme
assez stupide pour ne pas admirer, assez barbare pour n'être pas attendri ? Mais il ne me

suffit pas, il ne suffit pas à mes lecteurs, d'un
exposé si rapide des efforts, des travaux inouis
de cette femme courageuse et sensible ; les
moindres détails d'un action si généreuse sont
précieux : peut-on craindre de répéter, de mul-
tiplier les copies d'un pareil tableau ? Malheur
à celui qui n'éprouveroit pas le besoin d'en
repaître son ame ; de connoître mieux cette
femme héroïque dont la vertu nous étonne et
peut-être nous accable.

Mde. Legros, dont il faudroit pour l'honneur de l'humanité, rappeller le nom toutes
les fois qu'on prononce dans ces mémoires ceux
de M. de Sartines ou de M. Le noir. Mde. Legros,
qui tenoit alors un petit commerce de mercerie,
avoit trouvé, comme je viens de le dire, le
mémoire que j'adressois au président de Gourgue ; j'ai annoncé comment, entraîné par la
sensibilité de son cœur, elle prit lecture des
détails renfermés dans le paquet. Son époux
partage ses sentimens ; et tous deux, animés
du même transport, prennent la résolution
de réunir leurs efforts pour me sauver. La
marche qu'ils avoient à suivre leur paroissoit
simple ; ils prennent copie du mémoire, et
le sieur Legros, dès le lendemain, en remet

l'original sous enveloppe, et le porte à M. de
Gourgue, il insiste pour le lui remettre lui-
même, afin de pouvoir lui offrir ses démarches
et ses soins : il est introduit ; il donne son paquet. M. de Gourgue lui répond, « qu'il a vu
» l'infortuné qui réclame justice et vengeance :
» qu'il a été effectivement attendri au récit
» de ses peines, et que déjà, sans attendre son
» mémoire, il a fait des démarches pour lui
» faire rendre sa liberté ; qu'il avoit appris avec
» douleur qu'il étoit un fou, un enragé dont
» les accès, il est vrai, n'étoient que pério-
» diques ; mais qu'alors cette maladie, que
» n'avoient pu guérir trente-deux années de
» captivité, le rendoit dangereux, et qu'il
» falloit se contenter de le plaindre et de gémir
» sur son sort ». Je ne fais ici aucunes réflé-
xions ; mes lecteurs les ont toutes prévenues.

Le sieur Legros retourne chez lui ; il fait son
rapport à son épouse, et lui apprend que le
président leur conseille de renoncer au projet
de me servir et de me défendre. Cette femme
est consternée : elle hésite cependant ; elle
réfléchit : éclairée par son ame, par l'instinct
seul de la vertu, elle ose soupçonner la vérité :
elle reprend mon mémoire, le relit, se pénètre

de l'esprit qui la dicté. A la manière dont je décrivois mes souffrances, elle reconnoît que j'en sens toute l'amertume ; et elle observe que l'insensé , le furieux dont elles eussent égaré la raison ; ne sauroit que s'agiter , se débatre dans ses fers, et seroit assez heureux pour n'en pas éprouver la pesanteur. Quand je parle de mes ennemis , mon expression est vive , terrible quelquefois ; elle l'attribue aux idées désespérantes qu'inspire, que nourrit ma situation ; elle y voit le langage hardi de l'innocence qui ne peut s'abaisser à supplier comme le crime. Ces idées l'échauffent, l'éclairent, la dirigent ; et elle échappe à la funeste erreur dont le président de Gourgue venoit d'être la victime ; comme tant d'autres aussi justes, aussi humains que lui , qui regarderoient aussi peut-être à ce moment , comme le plus beau jour de leur vie , celui où ils auroient brisé mes fers ; mais que la prévention et l'audacieuse imposture de mes persécuteurs ont égarés , quoiqu'ils eussent cependant , de plus que la dame Legros, la connoissance des hommes , de leurs passions et l'expérience de leurs forfaits.

La dame Legros est frappée de cette vérité

si simple , que mes ennemis ne m'imputent
aucun crime. Je suis, disent-ils , un fou dangereux : je le suis donc devenu dans les cachots?
Pourquoi m'y a-t-on plongé , pourquoi m'y
a-t-on retenu si long-tems ? J'accuse à mon
tour mes persécuteurs: on ne m'oppose ni dénonciation, ni preuves, ni jugement ; et moi
je leur oppose leur conduite; l'atroce et froide
cruauté que je leur reproche , et que les faits
attestent, annonce des oppresseurs puissans ,
et prouve seul leur forfait.

Ces réflexions la conduisent naturellement
aux conséquences ; il est clair que mes ennemis
abusent de leur pouvoir pour m'enchaîner ,
pour étouffer mes cris ; d'un mot je puis les
perdre. Eh bien ! ce mot, ils veulent m'empêcher à jamais de le prononcer. Tôt ou tard
la douleur , le désespoir ne peuvent manquer
d'épuiser mes forces et ma vie ; et jusques-là ,
on écartera tous ceux qui pourroient intercéder
pour moi, en me présentant, non comme un
scélérat , il faudroit des preuves , mais comme
un objet d'horreur et de pitié , à charge à la
nature, et dont elle ne prolonge l'existence
qu'à regret. Le lieu même d'où s'exhalent mes
plaintes et mes transports , lui fournit une

nouvelle preuve. Si je n'étois qu'un fou, m'accableroit-on de tant de cruautés? m'auroit-on tiré de Charenton, qui est spécialement consacré à servir d'azyle et de retraite aux foux? et m'eût-on plongé dans des cachots, où l'on ne s'occupe qu'à aigrir, avec une sorte de complaisance, à prolonger mon supplice? Ce supplice expie nécessairement un crime; il l'annonce au moins : si ce n'est pas le mien, on ne peut m'en imputer aucun : c'est donc celui de mes oppresseurs.

Ma courageuse protectrice inspire à son mari ces idées, et l'éclaire de sa raison : elle se retrace alors tout ce que j'ai dû souffrir; mes tourmens, mon désespoir; elle s'identifie, pour ainsi dire, avec ces étonnantes infortunes: son cœur se brise, et elle fait le serment de périr ou de me sauver. Elle admet un homme estimable, ami de son mari, à l'honneur de concourir avec eux à cette dangereuse entreprise (1); et ce mari, non-seulemenr souffre

_____

(1) Le sieur Girard, qui, par la persévérance et le courage qu'il a montrés, mérite de voir son nom placé à côté de celui des sieur et dame Legros.

que sa femme sacrifie pendant trois ans, son repos et sa fortune ; qu'elle néglige quelquefois son commerce ; mais il l'a aidée, il l'a servie de tout son pouvoir, sans jamais murmurer et se plaindre.

La dame Legros étoit trop judicieuse pour ne pas concevoir qu'elle devoit couvrir du voile le plus inpénétrable toutes ses premières démarches. Il importoit beaucoup de ne pas allarmer la soupçonneuse défiance de mes ennemis. D'ailleurs elle vouloit, avant tout, s'éclairer et s'instruire si j'étois vraiment digne de la compassion généreuse qui l'enflammoit.

Ses premiers pas se dirigèrent vers Bicêtre: sous le prétexte de venir acheter des ouvrages de paille que vendent quelques prisonniers, elle leur parla de moi ; mais elle m'appelloit par le nom de Latude, et dans Bicêtre on ne me connoissoit que sous celui de *Jedor*, que je ne me donnois pas dans mon mémoire à M. de Gourgue. Elle me désigna, et elle trouva enfin un prisonnier qui crut me reconnoître pour celui à qui le chapelain de Bicêtre, M. Brindejon, venoit parler quelquefois. Cet ecclésiastique étoit alors à Paris, et la dame Legros

fut obligée de remettre au jour suivant, à
venir lui demander de mes nouvelles. Elle
retourna à Paris, et le lendemain elle étoit
à Bicêtre dès le matin. Elle trouva l'abbé
Brindejon, avec qui elle eut une très-longue
conférence; il l'assura, il l'a convainquit que
je n'étois ni furieux, ni fou, mais un infortuné qu'on opprimoit cruellement : elle eût
bien désiré le déterminer à s'unir à elle,
pour me délivrer; mais il s'y refusa en disant
que tous leurs efforts ne pourroient réussir :
et elle n'en obtint qu'un certificat, dans lequel
il attestoit tout ce qu'il savoit de moi.

L'abbé Brindejon avoit effectivement d'assez
fréquentes conférences avec moi ; je lui
avois été recommandé par son prédécesseur,
l'abbé Légal. Cet honnête ecclésiastique, étant
vicaire à Bicêtre, avoit paru me distinguer
des autres prisonniers, et m'affectionner: le
spectacle continuel de l'infortune n'avoit pas
endurci son cœur; la mienne l'intéressa vivement; et lors même qu'il eut quitté ce lieu,
il se souvint de moi, et chargea souvent
l'abbé Brindejon, qui lui succédoit, de me
remettre du pain blanc ou du vin, quelquefois même de l'argent. C'est principalement à

la généreuse compassion de cet homme de
bien, à ses secours, à ses consolations, que
j'ai dû le courage de supporter mes maux et
la force de n'y pas succomber. Ma reconnoissance est naïve et pure ; il n'en est pas
de plus digne de lui, de plus digne de ses bienfaits: c'est aux yeux du public que je me plais
à lui en offrir le premier hommage.

La dame Legros ne se contenta pas des renseignemens qu'elle avoit recueillis à Bicêtre:
on lui avoit appris que le titre qu'il falloit
essentiellement consulter, pour connoître ce
qu'on m'opposoit, ce dont j'étois au moins
accusé, étoit l'*Ecrou*, ou la mention faite
sur le registre de la police, de mon nom, de
l'époque et des causes de ma détention : elle
trouva moyen encore d'être instruite de ce
qu'énonçoit ce registre ; on n'y lut que ces
mots : *Masers de Latude, arrêté le 15 juillet 1777,
et conduit à Bicêtre le premier août de la même
année.* Armée de ces preuves, et forte de mon
innocence, elle se disposa alors plus particu-
lièrement à attaquer mes ennemis, qui étoient
devenus les siens.

On la voit s'élancer dans cette effrayante

carrière ; on est loin sans doute de prévoir,
de soupçonner même avec quel courage inoui
elle va la parcourir : et déjà la malignité
s'essaie à découvrir qu'elles ont pu être ses
ressources, quels moyens elle a dû employer :
déjà il faut l'excuser d'avoir fait le bien : oui,
l'excuser. Depuis près de dix années, que le
succès a légitimé ses efforts, combien de fois
mes amis, mes protecteurs n'ont-ils pas été
réduits à la venger et à la défendre ? On appeloit son courage, témérité ; sa conduite,
folie ; et la vénération de ceux qui la connoissent, enthousiasme et délire. Il est donc
vrai, que non-seulement peu de personnes
sont capables d'un action généreuse, mais que
peu le sont aussi de l'apprécier et de l'admirer.
Il faut sans doute à nos sybarites républicains
des tableaux attendrissans ; il faut qu'on leur
montre *des vertus*, parce qu'enfin c'est un besoin pour eux d'exercer *leur sensibilité*. Mais
comme un éclat trop vif blesseroit leurs fibres
délicates, ils ne veulent les voir que dans
l'éloignement, à travers l'optique du théâtre,
ou lorsqu'elles sont enveloppées de fictions in-
génieuses qui bercent agréablement leur esprit,
sans les affecter : ils les adorent alors. Nul ne
s'émeut plus qu'eux à leur aspect : on ne les

entend prononcer, qu'avec une sorte de vénération, les noms des héros d'Athènes et de
Rome : on diroit que la cendre de ces grands
hommes vient de se ranimer, pour échauffer
leurs ames. Mais si ces mêmes vertus se rap-
prochent d'eux, ils les craignent, ils les per-
sécutent ; il semble qu'à leurs yeux, c'est
l'illusion seule qui leur prête des charmes.

Eh bien ! dussai-je parler un langage qu'ils
ne veuillent pas comprendre, ou qu'il faille
encore justifier, je dirai que la dame Legros
ne consulta que son ame ; ne trouva que dans
son ame la fermeté dont elle eut besoin pour
travailler à me délivrer. Je dirai qu'aucun espoir, autre que celui de tarir mes larmes, et
de faire un heureux, ne put l'animer ; puisqu'elle ne me connoissoit pas, que j'étois moi-
même sans ressource, sans fortune ; et qu'en
brisant mes chaînes, elle s'imposoit envers
moi les devoirs d'une mère, dont sa conduite
annonçoit si bien tous les sentimens. Je dirai,
et sans doute ceci est nécessaire ; qu'elle n'a-
voit, pour oser importuner des grands, pour
braver des ministres ; d'autres moyens pour se
faire écouter, que ceux que pouvoit lui four-
nir son courage. On conçoit facilement, com-

bien une si active sensibilité a dû lui causer
de tourmens ; elle a vécu dans la douleur,
elle ne s'est abreuvée que de larmes. Le premier désir de cette femme vraiment héroïque,
étoit de communiquer avec moi , de m'instruire de son objet , de ses espérances et de
ses vues. Mais comment me donner des nouvelles ; comment franchir l'intervalle qui nous
séparoit ? Elle revient à Bicêtre , et toujours
sous le prétexte de voir la maison, ou d'acheter de petits ouvrages de quelques prisonniers ;
elle charge , elle essaie et trouve enfin un
garde qui consent, moyennant trois louis, de
me remettre une lettre, et de lui apporter le
sur-lendemain ma réponse. Ce marché se faisoit dans une auberge de Bicêtre, dans laquelle
la dame Legros avoit attiré ce garde, et où
elle le régaloit. Elle m'écrivit à la hâte, m'an-
nonça comment elle avoit trouvé mon mémoire,
l'usage qu'elle en avoit fait ; et avec ce ton
de bonté , que la bonté seule peut connoître
et sait employer, elle me demandoit ma confiance, et en quelque sorte , la permission de
sacrifier tout, au bonheur de me sauver. « Je
» sais, disoit-elle, à quels moyens vous avez
» recours pour assouvir votre faim ; désormais
» vous ne serez plus réduit à cette doulou-

» reuse extrémité ; recevez, à titre de prêt ;
» le louis que vous trouverez dans cette
» lettre ».

A titre de prêt ! Femme trop généreuse, ce n'étoit pas assez pour vous de soulager ma misère; vous portiez l'attention jusqu'à craindre ma délicatesse. Je baignai cette lettre de mes larmes ; après l'avoir lue, je me trouvai à genoux ; prêt à adorer celle qui l'avoit écrite, et après elle, le Dieu bienfaisant dont elle me paroissoit l'image.

Je m'occupai le lendemain à préparer ma réponse. Je ne me targuerai pas ici d'une fausse et hypocrite modestie ; je dirai sans détours, que je fis cette réponse avec mon ame ; et mon ame me suggéra d'éclairer ma généreuse protectrice sur les dangers auxquels elle s'exposoit : je lui fis connoître mes ennemis, leur puissance et leur rage : elle ne se nommoit pas dans sa lettre : j'ignorois ce qu'elle étoit, et si elle pouvoit les braver. « Laissez-moi
» périr, lui disai-je, plutôt que de vous ex-
» poser; n'oubliez pas sur-tout, quoique vous
» fassiez, que je ne puis vous offrir pour récom-
» pense, que ma reconnoissance et mes
» larmes ».　　　　　　　　　　　　Les

Les sieur et dame Legros parurent attacher quelque prix à cette franchise. Ma bienfaitrice l'appeloit de la générosité ; elle ne devoit pas s'en étonner sans doute : mais avec quelle sensibilité elle daigna m'en remercier, et combien cette seconde lettre m'inspira de confiance et de vénération pour celle qui l'avoit écrite. Elle l'avoit accompagnée d'une poudre et d'onguent, destinés à chasser l'horrible vermine qui suçoit et rongeoit ma chair : j'en fis usage à l'instant même, et dès cette première nuit, je sentis moins les douleurs et les démangeaisons affreuses que j'éprouvois depuis plus de deux mois, et auxquelles il m'eût été impossible de résister encore long-tems. Je retrouvai un peu de sommeil, que je ne connoissois plus, et dans moins de quatre jours, je fus entièrement délivré de ma vermine.

Pendant ce tems-là, le sieur Legros rédigeoit, sur tous les faits et les rénseignemens que je lui avois donnés, un mémoire dont il préparoit plusieurs copies : et sa respectable femme cherchoit des protecteurs puissans qu'elle pût opposer à mes ennemis. Je préviens que je montrerai, dans ces nouveaux détails,

la franchise, la fermeté avec laquelle j'ai
écrit ces mémoires : je citerai beaucoup de
noms connus, et je ne les citerai qu'avec
des faits.

Ma protectrice, instruite que *le vicomte de*
la Tour du Pin étoit lié avec M. le Noir, fut
le trouver ; elle l'intéressa en ma faveur, lui
remit un mémoire, et en obtint la promesse
qu'il solliciteroit pour moi, près de son ami.
Il le fit : M. le Noir lui répondit qu'il étoit
faux que je fusse à Bicêtre ; que j'étois fou
et détenu comme tel à Charenton. La dame
Legros vit alors qu'elle alloit être la marche
de nos adversaires : toujours des impostures,
auxquelles elle se prépara à opposer toujours
la vérité. Au surplus, elle fut enchantée d'apprendre que M. le Noir lui-même ne me re-
prochoit aucun forfait. Son prétexte pour
justifier la barbarie avec laquelle j'étois traité,
prouvoit de la passion; mais elle aimoit mieux
avoir à combattre mes ennemis que mes crimes. Elle prouva à M. de la Tour du Pin que
son amie lui en avoit imposé. Il hésitoit malgré cela à le lui reprocher et à l'en convaincre;
il céda enfin aux importunes sollicitations
de la dame Legros. M. le Noir, pour toute

réponse, lui dit que c'étoit par ordre du Roi que j'étois détenu avec autant de sévérité; qu'il n'y étoit pour rien, et ne pouvoit rien opposer aux ordres du Monarque. M. de la Tour du Pin pressa en conséquence la dame Legros très-vivement de cesser des efforts qui seroient vains; et dont les suites inutiles, pour son protégé, pourroient devenir funestes pour elle.

Ces obstacles irritoient son courage, loin de l'affoiblir. Elle chercha d'autres personnes dont la sensibilité fût moins timide, ou que elle pût échauffer davantage par ses efforts. On lui vanta les qualités précieuses de la présidente de Lamoignon, épouse du dernier garde-des-sceaux de ce nom. Je vais parler aussi de ce magistrat; je dois prévenir que je ne m'occuperai que de ce qu'il a fait pour moi; il ne me convient nullement, et il seroit inutile à mon histoire, de rappeler en lui le ministre de 1788.

La dame Legros se présenta une infinité de fois à la porte de Mde. de Lamoignon, sans jamais pouvoir obtenir audience. Enfin, cependant un jour, elle eut le bonheur de pénétrer jusques dans l'antichambre, et elle fit demander un moment d'entretien, pour des objets, disoit-elle, de la plus grande importance. Mde. de Lamoignon fit répondre qu'elle ne parloit jamais aux personnes qu'elle ne connoissoit pas; qu'au surplus, elle pouvoit lui écrire. Elle s'en garda bien, parce qu'alors il eût fallu signer sa lettre; et elle s'étoit fait une loi de n'indiquer, sous aucun prétexte, son nom et sa demeure, pour pouvoir échapper toujours aux recherches et aux poursuites de mes ennemis. Elle me fit écrire deux lettres, l'une à M. de Lamoignon, et l'autre à son épouse; elle y joignit deux mémoires, et fit demander audience pour mon confesseur. Elle fut prévenir alors l'abbé Brindejon, dont j'ai parlé : il avoit quitté Bicêtre, et étoit directeur du couvent des dames de Sainte-Valère, près les invalides. Elle en avoit auparavant arraché la promesse qu'il se rendroit au moins au désir des personnes qui pourroient chercher à lui parler de moi; à lui demander s'il étoit vrai que je fusse devenu fou et enragé; et qu'elle étoit ma conduite à Bicêtre, où il il avoit été à portée de m'examiner et de me connoître. L'abbé Brindejon l'avoit promis, et il l'a fait; mais combien il est fâcheux pour lui que je sois forcé, dans ces récits, de placer son nom à côté de celui de la dame Legros. Elle le voyoit sans cesse pour le préparer à l'entrevue pour la quelle elle se flattoit toujours qu'il seroit mandé. Sa joie fut vive, quand, se trouvant chez lui peu de jours après l'envoi de mes mémoires à l'hôtel de Lamoignon elle en vit arriver un domestique qui étoit chargé d'inviter l'abbé de passer chez ses maîtres. Elle lui rappela alors les moindres particularités qui me concernoient : elle revint à Paris avec lui ; elle l'échauffa pendant tout le chemin, et chercha à lui communiquer son zèle : il promit tout. Le soir, elle retourne chez lui, il lui apprend que M. de Lamoignon l'a très-bien reçu, mais qu'il lui a fait sur moi une foule de questions auxquelles il n'a pu répondre. La dame Legros reste muette de surprise et d'indignation : elle le remercie cependant, et lui parle de sa reconnoissance : effort pénible pour une ame noble et franche comme la sienne, mais auquel à chaque pas elle étoit réduite à se soumettre, pour ne pas aigrir les personnes tièdes qui pouvoient désirer le bien ; mais qui ne savoient le faire qu'avec indifférence. Il ne lui restoit qu'une ressource, c'étoit de voir M. de Lamoignon ; et d'autre moyen d'y parvenir, que de me le faire demander à moi-même. Elle m'envoya en conséquence la minute d'une lettre à écrire à ce magistrat, dans laquelle elle sembloit avoir fondu son ame entière. Ce moyen lui réussit ; elle porta la lettre : en la remettant au Suisse, elle fit annoncer qu'elle attendoit la réponse : on donna ordre de l'introduire. M. de Lamoignon, étonné, attendri du zèle que elle montroit, lui promit de le seconder ; mais il ne lui dissimula pas qu'il trembloit de ne pouvoir réussir. Il vit plusieurs fois M. le Noir : celui-ci le renvoyoit au ministre, le ministre au lieutenant de police ; ce jeu dura neuf mois. M. Amelot ne cachoit pas qu'il ne voyoit d'autres obstacles à me rendre la liberté que les efforts de M. le Noir pour l'empêcher.

Grâces aux soins de ma généreuse amie, je n'en étois plus réduit à vendre le morceau de pain grossier destiné à me nourrir, pour acheter le papier auquel je confiois, en tremblant, mes plaintes et mes douleurs.

Instruite de ces dispositions du Ministre,

elle me dicta encore un mémoire fort intéres-
sant, que je lui adressai; et dans lequel je cherchois à l'intéresser par la peinture de mes maux.
Quel homme eût pu écouter froidement les
soupirs d'un infortuné; enseveli depuis trente-
trois ans dans les cachots : palpitant encore,
mais exténué par la faim et tous les besoins
réunis? Qui? un Grand, sans doute. Eh! l'excès
de mon indignation m'arrache ce mot; quand
je me rappelle que ce mémoire resta sans réponse; que tous ceux à qui jusque-là j'avois
paru inspirer quelqu'intérêt, abandonnèrent
Mde. Legros; et depuis, elle s'adressa vainement à plus de deux cent personnes en place
ou en crédit, qui toutes repoussèrent mes plaintes et ses larmes, ne les écoutèrent que froidement et avec embarras; et sembloient craindre
que quelques-uns des Ministres que je dénon-
çois, ne soupçonnassent un jour qu'ils les
avoient écoutées. Cette vertueuse femme me
cachoit une partie de ses efforts, pour ne pas
m'accabler de la douleur d'en connoître l'inu-
tilité; mais j'en savois assez, et depuis long-
tems, d'ailleurs, la faculté d'exister n'étoit
plus devenue pour moi que la faculté de souffrir. Pour la dame Legros, elle étoit loin de
se laisser abattre; elle soutenoit, elle ranimoit

mon courage : elle cherchoit à me faire jouir
du bonheur d'espérer encore, lorsqu'elle-même déjà commençoit à ne plus espérer. Pour
comble de maux, elle avoit épuisé ses ressources, en achetant le silence de celui de mes
gardiens, qui favorisoit notre correspondance,
ainsi que par une foule d'autres dépenses que
je lui occasionnois. Ses parens, ses amis, ses
connoissances, l'entouroient sans cesse pour
la détourner du projet de solliciter plus long-
tems en ma faveur; tous les grands qui ap-
plaudissoient à son zèle, cherchoient à le re-
froidir par intérêt pour elle-même : tremblez,
lui disoient-ils tous; si votre protégé sur-tout
est innocent, tremblez; ses ennemis vont devenir les vôtres; ils vous précipiteront dans
le même cachot, pour ensevelir avec vous des
iniquités que vous osez dévoiler. On l'entou-
roit d'obtacles, on frappoit tous ses regards
de l'aspect du danger : elle échappoit à toutes
les mains qui s'unissoient pour la retenir; toujours courageuse, toujours inébranlable, elle
ne voulut consulter que son cœur, et elle résolut de m'en consacrer tous les mouvemens.

Elle apprend qu'une des femmes de MADA-
ME, nommée Mde. Duchesne, avoit sur l'es-

prit de la princesse un empire absolu, dont elle n'usoit jamais que pour la porter à des actions de justice et d'humanité. Ma bienfaitrice la cherche par-tout, et après une multitude de courses, elle parvient à connoître son domicile à Versailles; elle part à l'instant même : elle se présente chez Mde. Duchesne; on lui apprend qu'elle est à la campagne, dans une terre nommée *Santeny*, située à sept lieues de Paris. Elle n'hésite pas; déjà accablée de fatigues, elle prend le chemin de Santeny, et tantôt à pied, tantôt sur des charettes sur lesquelles elle se délassoit un moment, elle fait cette nouvelle route, et arrive à Santeny. Madame Duchesne en étoit repartie il y avoit moins d'une heure, et retournoit à Versailles. Rien n'arrête la dame Legros; elle revient coucher chez elle, et le lendemain repart pour Versailles. Prête d'y arriver, elle fait un faux pas; et dans la crainte que son mari ne la forçât à prendre une voiture, elle fait des efforts incroyables, augmente sa douleur pour la lui cacher. Ils se présentent chez madame Duchesne, qui les reçoit avec une bonté attendrissante; le récit de mes malheurs, les instances touchantes de mes deux protecteurs lui arrachent des larmes : elle applaudit à leur sensibilité, elle la partage; mais cependant elle refuse de parler de cette affaire à la Princesse. Comment défendre un malheureux contre deux Ministres, les dénoncer en quelque sorte? Ils insistent, ils prient, ils l'attendrissent de nouveau; ses larmes la trahissent encore : elle accepte un mémoire, et promet d'en faire usage.

Ma bienfaitrice, enivrée, s'occupoit de ce moment de jouissance, qui sembloit lui en présager de plus vifs; elle ne sentoit plus sa douleur : la fatigue, un affaissement total la lui rappellent, son pied ne peut plus la soutenir; elle tombe; elle avoue trop tard son accident à son mari : il la place sur une voiture qu'ils rencontrent au milieu du chemin : elle rentre chez elle, et elle passe six semaines entières sur son lit où elle éprouve des douleurs effroyables.

Ce long terme expiré, le premier usage qu'elle fait de ses forces est pour retourner à Versailles; elle est admise de nouveau chez madame Duchesne : elle apprend que le lendemain du jour où elle avoit reçu le mémoire; au moment où elle le lisoit encore, et s'échauf-

foit au récit de mes souffrances, un prêtre
nommé l'abbé Shaussart, (1) précepteur des pa-
ges du Roi, étoit entré chez elle, et au nom
de Latude, lui avoit arraché des mains cet
écrit; en lui apprenant que ce n'étoit qu'un
enragé pour qui il étoit impossible de s'intéresser, sans se compromettre vivement et sans

---

(1) Il n'est pas hors de propos de rappeler ici deux
anecdotes assez piquantes sur ce charitable ecclésiastique : lorsque la dame Legros, après deux années encore de démarches et d'intrépidité, eût enfin brisé mes
fers, elle rencontra cet abbé Shaussart chez un grand,
où il eut l'audace de dire, en sa présence, que c'étoit à
lui, à ses soins généreux que je devois ma liberté.

L'autre trait est moins ridicule, mais il est plus atroce.
Le sieur Legros se trouvoit un jour avec lui chez Madame Duchesne; ils sortirent ensemble; l'abbé Shaussart osa lui dire : ---- où en seroit-on, si on vouloit écouter toutes les demandes de cette espèce; on seroit as-
sailli par une foule de malheureux. Quant à vous,
Monsieur, continua-t-il en s'adressant au sieur Legros,
sachez que lorsqu'on est sans fortune, sans crédit et
sans nom, il y a plus que de la témérité à se charger
de pareilles affaires.

courir les plus grands risques : cette femme
respectable, sans doute, puisqu'elle étoit humaine et sensible, me plaignit, parla de ses
regrets et renvoya madame Legros tremblante
et désespérée.

Il y avoit dix-huit mois que cette compa-
tissante amie étoit ainsi balotée entre la crainte et l'espérance; et s'épuisoit par ses efforts,
sans avoir vu celui qui en étoit le triste et
malheureux objet. Le désir de me connoître
étoit devenu le besoin de son ame, et il s'aí-
grissoit tous les jours par les difficultés qui
s'opposoient à ce qu'elle le satisfît, par l'intérêt qu'elle m'avoit voué, et qui devenoit
plus tendre à mesure que ma situation lui pa-
roisoit plus déplorable. Enfin elle croit démê-
ler un moyen de parvenir à me connoître;
elle l'embrasse avec transport, et court au-
devant de ce qui peut le faire réussir. Elle apprend que le bon et respectable abbé Légal,
mon ancien consolateur, obtenoit facilement
à la Police, la permision de parler aux prisonniers de Bicêtre; elle va le trouver. Elle
lui communique son impatience; tous deux ont
le même désir, le même sentiment : ils con-
viennent d'un jour, et le vénérable Ecclésias-

tique sollicite l'ordre d'être admis à me parler.
Mais l'ordre est donné pour lui seul ; et toute
la faveur dont cette sensible amie pourra jouir,
sera de me voir traverser la cour, au moment
où on me conduira dans la salle, dans laquelle
l'Abbé pourra seul être admis. N'importe, elle
s'en contente ; elle m'annonce ce bonheur que
je devois si vivement partager : elle se trouva
sur mon passage, je la reconnoîtrai à une bran-
che de buis qu'elle tiendra à la main. Nos
ames pourront se parler et se confondre; mais
elle m'impose l'obligation de contraindre mes
moindres mouvemens, pour ne pas dévoiler
à mes surveillans notre intelligence, et ne
pas m'exposer à voir encore appesantir mes
fers.

Je la verrai donc! Le jour est arrivé, l'heure
approche; on ouvre mon cachot : deux gardes
armés d'énormes bâtons m'avertissent de les
suivre. Tous mes membres sont agités par un
sentiment nouveau; mes sens et ma raison
éprouvent une sorte d'ivresse : je veux marcher, mes genoux fléchissent; et je puis à peine me traîner, à l'aide des hommes qui m'accompagnent. Et mon amie, ma respectable
mère, quelle étoit alors sa situation ? Pâle, hâ-

letante, elle m'attendoit ; ses yeux venoient au-devant de mes pas. Elle m'apperçoit : quel spectacle ? Un mouvement involontaire lui fait détourner la tête avec horreur. Son ame cependant la rappelle à elle-mème. Elle re-porte ses regards sur moi : elle voit un fan-tôme effrayant, dont l'aspect repousse la pi-tié : des yeux hagards et éteints, des traits effacés, une bouche livide, une barbe longue qui me couvroit une partie du visage et re-tomboit sur ma poitrine ; une démarche in-certaine et tremblante : des lambeaux sales et pourris qui me couvroient à peine. Quel ef-froyable objet d'une compassion si tendre, d'une sensibilé si vive ! J'arrive près d'elle ; je la cherchois, et mes yeux, éblouis du jour que je revoyois, ne la trouvoient pas. Mon cœur me l'annonce enfin : je la vois, je vole, je me trouve dans ses bras ! la crainte arrête un instant ses mouvemens ; mais bientôt elle obéit comme moi à l'élan qui l'entraîne : elle me serre, elle me presse, et nous pleurons en-semble ; mes gardes attendris n'ont pas la for-ce de m'arracher de ses bras. Moment heu-reux et inapréciable, qui répariez alors trente-quatre années de désespoir et de tourmens ! Puissiez-vous rester à jamais gravé dans mon

cœur pour me dédommager de tant de maux!
Ah! du moins, coulez lentement dans mon
souvenir, et fixez-y le bonheur.

Il fallut me séparer de ma généreuse amie
pour entrer dans la salle où m'attendoit l'abbé Légal : elle épia l'instant de ma sortie ; je
la revis, je l'embrassai, nous pleurâmes encore ; et grâces à l'humanité de mes gardes,
je pus respirer un moment dans ses bras, et
retrouver assez de forces pour lui parler alors.
Nous nous quittâmes enfin : moi, consolé de
ma misère : elle, enflammée d'un nouveau
courage, avec une nouvelle ame plus forte,
plus inépuisable encore que la première.

Bientôt un événement vint ranimer nos espérances : nous étions alors en 1781. Le 22
Octobre de cette année fut le jour de la naissance du premier Dauphin. De tout tems,
cette époque fut celle, pour la ville de Paris,
de la rémission même d'une foule de crimes;
étoit-il possible qu'elle devînt funeste à l'innocence? Nous étions loin de le craindre.
Mde. Legros s'empressa de me faire parvenir
un exemplaire des lettres-patentes, qui éta-
blissoient la commission chargée, selon l'usa-

ge, d'assister le Grand Aumônier dans l'exa-
men des prisons d'état et de toutes celles de
Paris et de Versailles, « pour, sur le rap-
» port qui nous en sera fait, disoit le mo-
» narque, être par nous incessamment pourvu
» à la délivrance de ceux dont les causes se
» trouveront rémissibles ».

N'étois-je donc pas dans le cas de cette clé-
mence, moi qui étois en droit de n'implorer
que la justice ; moi, que mes ennemis ne pouvoient accuser d'aucun crime, d'aucune faute ;
et contre qui, il ne leur étoit resté de ressources que l'imposture ?

Toute la commission vint à Bicêtre le 17
mai 1782 ; elle fit comparoître tous les prisonniers : je fus présenté à mon tour. J'étois
dans l'état affreux dans lequel je viens de me
montrer aux yeux de mes lecteurs ; mon aimable protectrice, toujours attentive aux
moindres détails qui pouvoient nous conduire
à notre but, m'avoit tracé la marche que je
devois suivre. J'avois appris le petit discours
que j'aurois à prononcer devant mes juges ;
je le rendis éloquent sans doute avec mes
larmes. Plusieurs parurent m'entendre avec intérêt :

.térêt : le cardinal de Rohan, alors grand-au-
mônier, montra une pitié plus active; m'é-
couta avec une attention consolante, et ne
put cacher son attendrissement. Ah! ce mouvement de son cœur l'honoroit sans doute,
comme toute la conduite qu'il a tenue envers
moi; et que je regarde comme le premier, le
plus doux de mes devoirs de publier.

Un de mes juges me fit plusieurs questions; il fit écrire mes réponses. M. le cardinal, de son côté, parut dicter une note à
un de ses adjoints; je ne doutai point qu'elle
ne me concernât : je ne m'étois pas trompé.

Je promenois avec tranquillité mes regards
sur tous mes juges; ils étoient calmes et se-
reins, et sembloient éprouver, moins cette
horreur qu'inspiroit naturellement la vue de
ma misère, que l'émotion douce et bienfaisante que cause à un homme sensible, la présence de l'homme qu'il va rendre heureux,

Tome II.   H

J'allois sortir consolé; lorsque mes yeux se fixèrent sur M. de Sartines (1), fils de mon persécuteteur; tremblant que son pere ne l'eut prévenu contre moi, je m'adressai à

---

(1) Dans la première édition de cet ouvrage, mon défenseur, en trouvant dans mes notes le nom de M. de Sartines, dans la liste de mes juges, crut que c'é-toit le père et mon persécuteur. Cette erreur, *la seule qui soit échappée*, a été relevée par une lettre que M. Sartines, fils, m'a écrite le 8 Juin 1790 : il me rappelle que c'est lui qui, âgé alors de 21 ans, étoit de la commission des graces; il observe que cette distinction est échappée sans doute à mon défenseur, et il ajoute cette phrase bien remarquable : " A l'intérêt que j'ai à la réta-blir, se joint celui que vous devez avoir aussi à ne pas laisser subsister une inexactitude importante, qui pour-roit diminuer beaucoup la confiance pour les autres faits qui forment l'histoire de vos malheurs ".

Je savois bien, en publiant ces Mémoires, que per-sonne n'oseroit les contredire; mais je ne m'attendois pas que ce seroit le fils de M. de Sartines qui en attestc-roit la vérité.

l'instant même au sieur Tristan, qui étoit présent, et je lui dis : « Je viens de convaincre mes juges de mon innocence ; j'ai osé devant eux défier mes accusateurs, quels qu'ils puissent être. Vous, Monsieur, dites si, depuis six ans que je suis dans les cachots de cette maison et soumis à votre inspection, je vous ai fourni le plus léger sujet de plainte ». Il répondit que non. Je fis alors un profond salut, et je sortis.

Deux jours après je calculois dans ma solitude qu'elles pourroient être les suites du combat que mes ennemis alloient livrer à mes juges, lorsque que je vis arriver une personne qui se dit un des secrétaires du Grand aumônier, chargé par ce prélat de venir rassurer mon esprit ; d'échauffer mon courage en me promettant qu'il n'oublieroit pas mes infortunes : il avoit ordre aussi de m'offrir un secours d'argent.

Jamais je ne me suis rappellé ce moment sans verser des larmes. Quelle bonté touchante; j'ai presque dit, quelle étonnante sensibilité ! Puisse cet acte d'humanité vous servir de leçon et d'exemple, à vous juges sévères, qui ne voyez jamais qu'un criminel dans l'homme chargé de chaînes; qui ne montrez que de l'horreur à son approche, et dont vos regards toujours sombres, toujours dédaigneux, repoussent la confiance et le jettent dans le désespoir.

J'attendis plusieurs mois, mais en vain, l'effet des promesses qu'on m'avoit faites; enhardi par les bontés du cardinal, j'osai lui écrire, et les lui rappeler. Je demandois au moins qu'il me tirât de mon cachot, où mon corps achevoit de se dissoudre. Il daigna renvoyer sur le champ le même secrétaire, M. Carbonnier, avec l'ordre exprès de me faire sortir des cachots et de me placer dans une chambre saine et commode; il me fit remettre encore un nouveau secours d'argent, en m'invitant d'attendre avec patience l'instant où la foule immence d'affaires que lui donnoit la Commission, lui permettroit de s'occuper de la mienne. Mais celle-ci, dira-t-on inspiroit-elle donc moins d'intérêt que les autres? Trouvoit-on ailleurs des prisonniers dont la captivité eût été plus affreuse, plus injuste et plus longue? Non, sans doute; aussi le cardinal s'en étoit-il occupé avant tout : mais il me cachoit ses efforts, pour n'être pas forcé d'avouer les obstacles que lui opposoit la rage de mes ennemis. Il fut réduit dans la suite à en parler lui-même au Roi; trois fois il s'adressa à lui : mais le monarque prévenu par mes ennemis, répondit au cardinal la troisième fois, que ses efforts seroient vains, et qu'il défendoit qu'on lui parlât de moi davantage. Je suis autorisé à publier ce fait; j'en ai bien d'autres à dévoiler encore.

Pendant tout ce tems, ma sensible amie

ne restoit pas oisive : instruite par moi de
l'interêt généreux dont m'honoroit M. le cardinal de Rohan, et des bontés de son secrétaire, elle cherchoit à se lier avec celui-ci,
pour concerter avec lui toutes ses démarches:
n'osant prétendre d'être admise aux pieds de
son Éminence. Il y avoit deux mois ou environ, qu'elle se présentoit régulièrement
plusieurs fois par jour à la porte de l'hôtel,
sans jamais avoir pu passer la loge du suisse;
elle chercha à intéresser à mon sort la femme
de celui-ci; et elle y parvint. Elle apprit alors
que depuis que la Commission étoit établie, le
Prince et ses sécretaires n'avoient pas eu un
instant de repos, et qu'il y avoit les ordres
les plus exprès de n'admettre aucun de ceux
qui pourroient venir interrompre leur travail.
Cette femme indiqua ensuite à la dame Legros un moyen qui, sans l'exposer à des re-
proches, pourroit lui faciliter une entrevue
avec M. Carbonnier. Elle eut lieu enfin, et
cet homme honnête, se rappelant mes mal-

heurs, promit à ma protectrice de seconder son zèle et ses efforts; il l'invita à venir souvent lui communiquer son courage et lui servir de guide pour l'aider à me délivrer. Il fit plus; il en parla sans doute au Prince, qui, lui même, témoigna le désir de voir la dame Legros.

Ce fut le 15 mars 1783, qu'elle fut admise pour la première fois à son audience. Il l'accueillit avec cette douceur, cette sensibilité que nous trouvions si touchantes chez les grands, et qui donnoient tant de prix quelquefois à leurs bienfaits. Il descendit avec mon amie, dans les moindres détails de mon affaire : il lui dit qu'il s'étoit imposé la loi de ne rien faire de relatif à sa nouvelle commission, que n'approuvassent ses adjoints; qu'il solliciteroit près d'eux la fin de ma longue captivité, mais qu'il falloit qu'elle y travaillât de son côté. Il daigna lui tracer sa marche, et l'invita avant tout de voir M. Brochet de Saint-Prest, un de ses collègues, et de lui rendre compte de leur conférence. En quittant la dame Legros, il donna les ordres les plus précis, pour qu'à toute heure les portes de son hôtel lui fussent ouvertes. La sensibité de ceux qui lisent ces détails, acquitte ma reconnoissance envers cet homme respectable : c'est l'hommage le plus vrai que je puisse lui offrir. C'est donc chez lui que cette femme étonnante ne dut le plus libre accès, qu'à des vertus qu'il partageoit sans doute, puisqu'il savoit les admirer. (1)

Mde. Legros ne perdit pas un moment, et fut trouver M. de Saint-Prest. Je ne pretends pas accuser ce magistrát ; il fut comme tant

_____

(1) En écrivant ces Mémoires , je dois toujours me reporter au tems où chaque fait s'est passé ; quelque ait été depuis la conduite de M. de Rohan , je ne puis voir en lui que mon bienfaiteur, et je ne dois en parler que pour exprimer ma reconnoissance.

d'autres, trompé par mes ennemis, et il ne fit que répéter ce qu'ils lui avoient appris dans la conférence qu'il eut avec ma protectrice, qu'elle transcrivit à l'instant même, et que je vais rapporter.

La dame Legros est présentée; elle est admise; elle expose l'objet de sa visite; elle prie, elle presse.

M. de Saint-prest. Connoissez-vous l'homme pour qui vous vous intéressez?

Mde Legros. Oui, Monsieur, je le connois pour un homme malheureux et innocent. Voici un mémoire qui contient le détail de ses infortunes et des persécutions qu'il a essuyées; il n'énonce que des faits: tous sont vrais, et nous pouvons les justifier. Daignez y donner quelqu'attention.

M. de Saint-Prest. Innocent, honnête homme! Non, vous ne le connoissez pas : vous ignorez donc ce qu'il a fait?

Mde Legros. Je sais ce dont on l'accuse mais je sais aussi que jamais on n'a même essayé de l'en convaincre : vous êtes juste, Monsieur, et vous ne souffrirez pas qu'un innocent périsse dans les fers, victime de l'injustice et de la haine.

M. de Saint-Prest. Je ne suis pas le maître : tout dépend du Roi.

Mde Legros. Je sais, Monsieur, que le Roi en établissant la commission dont vous êtes membre, vous a donné sa confiance, et qu'il adoptera votre décision.

M. de Saint-Prest. Je puis , il est vrai, rendre la liberté à votre prisonnier; mais êtes-vous bien certaine de son innocence? Pour moi, je le crois très-coupable.

Mde Legros. Permettez-moi de vous observer, Monsieur que vous le croyez sans preuves et sans l'avoir entendu. Je ne me suis
intéressée à son sort, je n'ai entrepris sa défense qu'après m'être convaincue qu'il n'est
que malheureux.

M. de saint-Prest. Et qui donc êtes-vous
pour lui consacrer tant de soins? Depuis
quand le connoissez-vous?

Mde Legros. Depuis deux ans; et je n'ai
dû qu'à ses infortunes ce triste avantage.

M. de Saint-Prest. Quoi! vous n'êtes pas
sa parente, son amie? Qui peut donc vous
intéresser si vivement à son sort?

Mde Legros. je suis sensible, et il est malheureux.

M. de St. P. Eh bien! madame, on vous a

trompée; votre protégé n'est qu'un voleur.

Mde Leg. Je sais, monsieur, ce que vous voulez dire; je ne croyois pas qu'on osât renouveller encore ceette horrible imposture. Dans ce cas, loin de défendre M. de Latude, je viens l'accuser moi-même, je viens demander qu'on le transfère dans les prisons de la loi; qu'on lui fasse son procès; qu'un jugement juridique prononce sur son sort, et prouve son innocence ou son crime. Vous êtes juste, monsieur, vous savez combien, s'il n'est pas coupable, sont horribles les tourmens qu'il endure : s'il l'est, vous êtes magistrat, et vous savez « que des souffrances » inconnues, des peines obscures, du moment » qu'elles ne contribuent point au maintien » de l'ordre par la publicité et par l'exem- » ple, deviennent inutiles à la justic », et qu'elles sont dès-lors un attentat contre l'humanité. Ce sont-là, monsieur, les termes d'une des loix que vous êtes chargé de faire exécuter, et vous la connoissez sans doute.

M. de St. P. J'examinerai votre mémoire.

Il prévient ensuite la dame Legros, qu'il partoit pour la campagne, et qu'à son retour, il consentiroit encore à l'entendre.

Pendant cet intervalle, on raya mon nom de la liste des prisonniers dont la commission devoit s'occuper...!

Dès que mon amie fut instruite de ce nouvel attentat, elle courut se jetter aux pieds de notre protecteur, lui demander vengeance et justice. Hélas! il ne put que pleurer avec elle; son crédit à la cour commençoit à s'affoiblir. Que pouvoit-il contre deux ministres sans pudeur qui osoient tout, bravoient tout; et qui pouvoient tout enfin, puisqu'ils étoient des ministres.

Madame Legros avoit ouï parler de M. la Croix, avocat; connu par des talens supérieurs, et plus encore par de rares vertus; estimé au barreau, respecté dans le monde, et jouissant partout de la plus haute considération : elle fut le trouver; il la reçut, l'écouta; et applaudissant à son zèle et à ses efforts, il se sentit digne de l'imiter, et lui demanda d'être associé à l'honneur de partager avec elle le danger de me secourir.

Bientôt le précieux avantage de compter M. la Croix au rang de mes protecteurs m'en attira un autre, qui dès-lors adoucit tous mes maux, et devint à jamais le charme de ma vie. Oui, je veux la consacrer pour la rendre heureuse, à vous respecter, à vous adorer, à bénir l'instant où je vous connus, généreuse et vénérable amie : pardonnez à une ame trop pleine de vos bontés, cet élan impétueux. Ah! quand on est accablé de vos bienfaits, quand on peut vous aimer, quand on

connoît vos vertus, il est difficile de se rappeler votre rang et vos titres.

Madame D'...... fille, femme de ministres; et bien mieux que cela, humaine, charitable et sensible, fut instruite par M. la
Croix de la ligue qu'il venoit de former avec
Mde. Legros, pour me sauver; elle voulut y
entrer; elle voulut connoître cette femme
courageuse, qu'elle étoit digne d'aimer : bientôt elle partagea son héroïsme, comme elle
partageoit ses vertus.

Elle voulut avant tout me voir, pour juger par elle-même, si je meritois les sentimens que ma protectrice venoit de lui trans_
mettre. Elle vint à Bicêtre sans que je fusse
prévenu, et entendit de ma bouche le récit
de ma longue et douloureuse histoire. De retour à Paris, elle fit inviter la dame Legros
à venir la trouver; elle lui recommanda de
chercher les moyens de me faire parvenir

sans délai une robe de chambre, les hardes dont je pouvois avoir besoin et en général l'argent, et tous les secours qui pourroient adoucir ma misère.

Mon amie enchantée, accourut m'apporter cette heureuse nouvelle, et me remit dix louis de la part de cette divinité tutélaire, que dorénavant je n'appellerai plus que *Minerve*, du nom que je lui donnai alors, et que mon cœur osera toujours lui continuer.

Cependant il y avoit six années que j'étois à Bicêtre. J'ai dit que les lieutenans de Police venoient y tenir des bureaux que M. le Noir avoit réduits à un seul tous les ans. Jusques-là j'avois demandé en vain d'être admis devant lui et d'obtenir audience; on n'avoit jamais voulu m'entendre. Cette fois, il me demanda lui-même, et le lendemain de Pâques, je comparus devant lui. Il étoit assis devant une table, et avoit autour de lui une

foule

foule de personnes. Prétendoit-il leur paroître aimable? je l'ignore, et je ne puis soupçonner quel étoit son but, en affectant pendant tout mon interrogatoire un ton léger,
de plattes et maussades minauderies, qui,
par-tout ailleurs avec son costume, n'eussent été que ridicules; mais qui, en face d'un
malheureux dont il étoit juge, devenoient
une atroce et insultante cruauté. Quoiqu'il en
soit, laissons-le balancer mollement ses jambes et caresser ses dentelles; écoutons ses
interrogats et mes réponses.

Le Noir. J'ai lu tous vos papiers; il ne
sont remplis que d'extravagances et de folies.

Latude. Ce n'est pas en ma presence, Monsieur, que vous les avez lus.

Le Noir. Non, vous n'avez jamais fait que
des sottises.

Latude. Je ne croyois pas, au moins, qu'on

Tome II. I

dût punir un homme sans l'avoir entendu.

Le Noir. Vous vous êtes échappé plusieurs fois de la Bastille et de Vincennes , n'est-ce pas; or, vous m'avouerez que ce sont là des folies.

Latude. Je ne le croyois pas , Monsieur.

Il échappa alors à plus de trente personnes qui étoient présentes, un rire d'indignation et de pitié, qui parut déconcerter un instant notre *aimable* magistrat; mais un léger coup de tête lui rendit bientôt toutes ses graces, et il continua :

Le Noir. Depuis que vous êtes à Bicêtre, avez-vous cherché encore à vous échapper ?

Latude. Non , Monsieur.

Le Noir. Est-ce que vous y avez trouvé plus de difficultés.

Latude. Non, Monsieur, il y en a infiniment moins. J'ai fui de Vincennes et de la Bastille, parce que j'y étois soumis à la fureur de gens qui étoient à la fois mes ennemis, mes juges et mes bourreaux; ici je me suis toujours flatté que je ne le serois qu'aux loix.

Le Ooir. Quels sont donc vos ennemis?

Latude. Dispensez=moi de les nommer.

Le Ooir. Il le faut.

Latude. Vous l'exigez, Monsieur; c'est M. de Sartines, votre ami.

Le Noir. Mon ami! Il est vrai; mais si je vous rends votre liberté, où prétendez-vous aller ?

Latude. Je suis honnête homme, Monsieur, et je crois avoir le droit d'aller par-tout.

Il me fit signe alors de sortir. Je repris : quand me rendrez-vous, Monsieur, ma liberté.

Je n'y puis rien, me répondit-il; vos papiers sont entre les mains du roi. Mensonge infâme! que M. le Noir et ses pareils
répétoient sans cesse, pour rejetter tout l'o-
dieux de leur conduite sur le monarque qu'ils
osoient ainsi accuser de leurs assassinats!

Eh! si cet odieux magistrat n'avoit lu que
mes papiers, s'il n'avoit mis que mes papiers
sous les yeux du roi, pourquoi donc étois-je
encore dans les fers? qu'avoit-on trouvé dans
ces papiers qui me rendît criminel? Ce jour,
M. le Noir fit sortir de Bicêtre près de cent
prisonniers, dont le plus grand nombre étoient
des scélérats flétris par la justice; et moi, je
restai dans les fers!....

Je m'empressai de faire part de ces détails à
mes protecteurs qui tenoient conseil pendant
ce tems-là, et dirigeoient d'autres batteries;
il n'y avoit plus de justice, d'humanité à attendre de mes ennemis; ils résolurent d'arra-

cher ce qu'ils n'avoient pu en obtenir; ils osèrent prendre la résolution de les braver et de les intimider. Ce fut M. de la Croix qui eut le courage de monter sur la brêche. Il fut trouver M. de Sartines : ce ministre eut l'impudence de dire qu'il ne me connoissoit pas. Mon généreux défenseur changea de ton alors, et après lui avoir prouvé qu'il me connoissoit très-bien, il lui retraça tout ce qu'il faisoit encore pour m'accabler ; il termina par lui dire qu'il venoit le prévenir charitablement que beaucoup de personnes de la plus haute distinction étoient résolues de m'arracher des prisons; que des mémoires contenant le récit de mes tourmens et de sa haine étoient prêts à paroître, et qu'il avoit cru devoir lui apprendre qu'il pouvoit encore prévenir cette publicité, en brisant mes fers. Qu'au surplus, s'il se refusoit à rendre lui-même cette tardive justice, on sauroit l'obtenir de la commission des grâces.

M. de Sartines, écrasé à ce mot, balbutia, pâlit, et eut la bassesse de dire à M. de la Croix : *mais si ce prisonnier obtient enfin sa liberté, il passera chez l'étranger, et il y écrira contre moi.*

M. de la Croix lui répondit : vous connoissez mal cet homme, qu'on n'a cessé de calomnier : il est généreux, il est sensible ; et s'il vous doit sa liberté, il ne se souviendra plus que du bienfait : d'ailleurs, il est à ce moment isolé en quelque sorte sur la surface de la terre ; il sera forcé d'accepter un asyle que lui offrent des personnes honnêtes de Paris, qui répondent de ses démarches et de sa conduite.

Le ministre, pour terminer cette conversation laborieuse, promit à M. de la Croix qu'à son retour de la campagne, où il alloit passer quelque tems, il concerteroit avec M. le Noir, les moyens de me faire rendre la liberté. Suivons-le maintenant dans sa marche, c'est lui-même qui va nous servir de guide.

Il ne seroit pas permis au Pirrhonien le plus effréné, de douter un moment, d'après ce qu'on va lire, qu'avant son départ pour la campagne, le ministre n'ait concerté avec M. le Noir toutes ses mesures, pour pouvoir se cacher derrière le rideau, et mettre mes protecteurs aux prises avec le lieutenant de police, qui avoit plus de moyens de leur résister. Tout étant ainsi disposé, il partit, et écrivit ensuite à M. de la Croix la lettre suivante, datée de Chevilly, dans laquelle son patelinage éclate d'une manière bien frappante : je la transcris sur l'original que j'ai entre les mains.

« J'ai reçu, Monsieur, à vingt-cinq lieues de Paris, la lettre que vous avez pris la peine de m'écrire; j'avois fait, avant de partir, une nouvelle démarche auprès de M. le Noir, en faveur du sieur de Latude : ce magistrat m'a paru disposé à consentir à sa liberté, *s'il trou-*

voit de bons répondans. Je croyois vous avoir dit, dans notre dernière conversation, que les personnes qui offroient de se charger du prisonnier, *pourroient voir* M. le lieutenant général de police, qui leur feroit connoître ses intentions. J'écris à M. de Lamoignon pour l'engager à joindre, dans le moment actuel, sa sollicitation à la mienne; et j'ai tout lieu d'espérer que cela ne sera pas sans succès. Le seul motif d'humanité m'a déterminé à m'employer pour ce malheureux, et me déterminera encore à faire de nouvelles instances, si vous les croyez nécessaires. Recevez de nouveaux remercîmens de ma part de *toutes vos attentions ET BONS PROCEDÉS* ».

Je suis, etc. DE SARTINES.

Cette lettre cachoit un piège qu'on découvre facilement. Ces despotes avoient le plus grand intérêt à connoître quelles étoient les personnes qui me protégeoient, pour savoir

jusqu'à quel point ils seroient forcés d'être bas
et vils, ou, pourroient devenir insolens vis-à-
vis d'elles , selon qu'elles seroient plus ou
moins puissantes. C'étoit précisément tout ce
que redoutoit , dès le commencement , Madame
Legros, non qu'un mouvement de foiblesse
pût l'arrêter un moment ; on peut juger si une
pareille femme connoît la crainte. Mais autant
il importoit à nos ennemis de combattre en
présence, autant il étoit nécessaire à mes protecteurs de se cacher pour porter des coups
plus sûrs. Ils s'assemblèrent à l'instant où M. de
la Croix reçut cette lettre, et il fut résolu que
Madame Legros iroit à l'hôtel de la police. Il
n'y avoit plus rien à attendre de la commission; il falloit donc attaquer mes adversaires
ouvertement; il falloit leur ôter tout prétexte,
et leur en imposer par du courage et de la
fermeté.

Tous les amis de ma généreuse libératrice ,
tous ses parens, instruits de son projet, se

réunirent et l'accablèrent de leurs instances pour l'empêcher d'aller se livrer à M. le Noir : quelques-uns même de mes protecteurs, effrayés du danger auquel elle s'exposoit, cherchèrent à l'arrêter. Vous vous perdez, lui disoit-on, et vous ne le sauverez pas ; elle fut inébranlable. Elle exigea seulement qu'on promît de ne pas m'abandonner, si elle disparoissoit ; et toutes ses précautions se bornèrent à se faire accompagner par un procureur au châtelet, nommé Moreix. Le cardinal de Rohan exigea aussi qu'elle le prévînt à l'instant où elle feroit cette périlleuse démarche , pour épier alors toutes les actions du lieutenant de police , et ne pas lui laisser le tems de commettre ce nouveau forfait, dont tant de précautions pouvoient seules peut-être l'empêcher de se rendre coupable.

Le jour de cette visite est venu ; elle arrive à l'hôtel de la police ; écoutons-là, c'est elle-même qui va me dicter les détails de son entrevue. Elle entre dans la salle d'audience : M. le Noir l'apperçoit, quitte sa nombreuse compagnie, vient à elle, lui prend la main et la conduit dans son cabinet.

M. le Ooir. L'homme pour lequel vous vous intéressez, Madame, est fou, et vous courez de grands risques en cherchant à lui faire rendre sa liberté.

Madame Legros. Non, Monsieur, il n'est pas fou, et je ne crois courir aucun risque, en cherchant à délivrer un honnête homme.

M. le Ooir. Le connoissez-vous ?

Madame Legros. Depuis deux ans, Monsieur, je m'occupe du soin de briser ses fers. Je n'ai entrepris de le défendre, qu'après m'être convaincue, par toutes sortes d'informations, qu'il n'étoit coupable d'aucun crime ; je ne crois pas en commettre un en protégeant un innocent.

M. le Noir. Mais, Madame, la preuve qu'il est fou, c'est qu'il s'est échappé de Vincennes.

Madame Legros. Deux fois, il est vrai; mais je n'aurois pas cru que ce fussent là des traits de folie.

M. le Noir. On ne doit jamais s'échapper d'une prison.

Madame Legros. Je crois cependant, Monsieur, qu'à sa place vous vous seriez cru heureux de pouvoir l'imiter.

M. le Noir. Cet homme n'avoit rien quand on l'a pris.

Madame Legros. Je ne croyois pas, Monsieur, que ce fût un crime; pauvreté n'est pas vice. Mais au surplus, son évasion de la Bastille ne prouvoit pas qu'il fût dénué de tout. A coup sûr, on ne lui a pas fourni dans cette prison le linge avec lequel il a fait les quatorze cent pieds de corde dont il s'est servi pour s'échapper. Je ne pense pas non plus que ce travail soit une preuve de folie bien convaincante.

M. le Noir. Il est faux qu'il se soit jamais échappé de la Bastille.

Madame Legros. Il s'en est échappé, Monsieur; daignez faire visiter les registres de la Bastille, et vous verrez que je ne vous en impose pas.

M. le Noir. Je vous dis, Madame, qu'il ne s'est pas échappé de la Bastille.

Madame Legros. J'ai l'honneur de vous assurer, Monsieur, qu'il s'en est échappé : cet homme ne m'a jamais dit un mot qui ne fût exact ; et il n'a pu me tromper sur ce fait.

M. le Noir. Eh bien! Madame, puisque vous

êtes si obstinée, il faut vous prouver qu'il ne s'est pas échappé de la bastille.

Madame Legros. Volontiers, Monsieur.

Il sonne, et se fait apporter par un secrétaire le paquet de mes pièces; il lit; la dame Legros s'approche pour lire aussi. Le premier papier qui lui tombe sous la main, porte : note de ses évasions, et plus bas, *évasions de Vincennes ;* au-dessous, *évasion de la Bastille.* Il ne fut pas plus loin; il se tourna vers Madame Legros, et d'un ton très radouci, il lui dit :

M. le Noir. Madame, vous avez raison ; mais que ferez-vous de cet homme, si je lui accorde sa liberté ? Il n'a point de fortune.

Madame Legros. Je n'avois qu'un fils tendrement chéri; j'ai eu la douleur de le voir mourir il y a peu de tems. Il me consolera de sa perte, il le remplacera.

M. le Noir. Vous avez donc de la fortune, pour prendre une charge aussi considérable ?

Madame Legros. Non, Monsieur, je ne possède rien.

M. le Noir. Quel est votre état ?

Madame Legros. Mon mari fait des éducations particulières : nous vivons deux, et si vous m'accordez ce que je vous demande, nous vivrons trois.

M. le Noir. Mais l'état de votre mari n'est pas assez lucratif pour soutenir cet homme-là.

Madame Legros. Il est vrai, Monsieur, que l'état de mon mari est borné ; mais je n'ai jamais rien demandé à personne, et j'espère faire toujours de même.

M. le Noir. Je lui ai fait rendre sa liberté en

1777, et à vingt-deux lieues d'ici, on a été obligé de le faire arrêter; il n'avoit cessé de faire des extravagances le long du chemin.

Nota. Il ne s'agissoit donc plus alors du prétendu vol, avec menace.

Madame Legros. Vous êtes mal-instruit, Monsieur; il a été arrêté à quarante-trois lieues de Paris, en sortant du coche d'Auxerre. Et sans doute on avoit deviné qu'il feroit ces extravagances; car pendant qu'il voyageoit sur l'eau, on envoyoit de Paris en poste l'exempt qui l'arrêta à l'arrivée du coche, et le conduisit à Bicêtre, où il est au cachot, au pain et à l'eau, sans que jamais on lui ait appris les motifs d'un traitement si rigoureux.

S'il est fou, l'hôt n'est pas sa place; il y a des maisons destinées à servir d'asyle aux malheureux qui sont dans cet état.

M. le Noir.

M. le Noir. Comment avez-vous pu lui pro-curer tous ses protecteurs ?

Madame Legros. Avec du courage et de la fermeté, Monsieur, on vient à bout de tout.

M. le Noir. Comment l'avez-vous conn ; comment avez-vous eu ses papiers.

Madame Legros. Vous me permettrez, Mon-sieur, de garder le silence sur ces objets ; ils sont étrangers à celui qui m'amène vers vous.

M. le Noir. Je vous le dis encore, prenez garde ; si je lui rends sa liberté, il fera des extravagances : vous courez de gros risques.

Madame Legros. Je vous demande en grace, Monsieur, de me les laisser courir.

M. le Noir. Pourquoi a-t-on toujours craint de venir ici ? C'étoit à moi qu'il falloit s'a-dresser.

Tome II. K

Madame Legros. C'est aussi, Monsieur, la première chose que j'ai faite ; je n'ai pas eu de crainte ; on ne doit pas en avoir quand on fait le bien. M. le vicomte de la Tour du Pin a eu la bonté de vous en parler deux fois, et vous avez répondu qu'il y avoit un ordre du roi, et que vous ne pouviez rien faire.

M. le Noir. M. de la Tour du Pin ne m'en a jamais parlé.

Madame Legros. Il me l'avoit annoncé, et je l'ai cru. M. de Lamoignon, au moins, est venu une multitude de fois vous demander la liberté de ce malheureux, que vous avez eu la bonté de lui promettre.

M. le Noir. Je n'ai jamais vu M. de Lamoignon.

Madame Legros. Il est bien étonnant qu'un président à mortier en ait imposé ainsi à une femme sans fortune et sans nom ; s'il n'eût pas voulu secourir cet infortuné, il pouvoit d'un mot se délivrer de mes longues importunités : sûrement, Monsieur, vous avez oublié ses pressantes sollicitations.

M. le Noir. Enfin, Madame, vous voulez la liberté de cet homme ; prenez garde.

Madame Legros. Monsieur, c'est la plus grande faveur que vous puissiez me faire.

M. le Noir. Puisque vous le voulez, il faut vous satisfaire ; mais il faut que j'en parle à M. Amelot.

Madame Legros. M. Amelot ne s'y opposera pas, si on ne le prévient pas contre ce prisonnier. Je sais que dès l'année dernière, il consentoit qu'on lui rendît sa liberté.

M. le Noir. Revenez la semaine prochaine ; je vous ferai part de sa réponse.

Ainsi se passa cette entrevue, dans laquelle
on voit cette femme simple, mais courageuse,
ne perdre jamais de vue le respect qu'elle doit
à un magistrat de qui elle attendoit justice,
mais lui en imposer par ce ton noble et ferme qui
rappelle aussi à ceux même qui la connoissent
le moins, le respect qu'on doit à la vertu. La
dame Legros court chez tous nos protecteurs ;
ils l'attendoient, et la crainte aigrissoit déjà
leur impatience. Elle leur raconte les moindres
particularités de cette conférence, et à l'instant même elle l'écrit, pour pouvoir, dans
tous les tems, se rappeler et rappeler aux autres ces détails importans.

Elle fut exacte au nouveau rendez-vous que
lui avoit donné M. le Noir : elle se présente.
« Allez, lui dit le magistrat, chez M. Martin,
il vous fera voir la note de M. Tristan ».

Madame Legros. Permettez-moi, Monsieur, de
vous observer que vous m'avez mandé pour

merendre la réponse du ministre, à qui sûrement vous aurez parlé de notre prisonnier, puisque vous m'avez promis que vous le feriez, et non pour voir *la note de M. Tristan.*

M. le Noir. Oui, j'ai parlé au ministre ; passez chez M. Martin : vous y ferez votre soumission, comme vous répondez du sieur Latude, et qu'il n'écrira jamais.

On conçoit avec quel empressement Madame Legros consentit à aller trouver alors M. Martin ; il logeoit à l'hôtel, et un des secrétaires du lieutenant de police la conduisit chez lui. Elle entre, et le premier objet qui la frappe, c'est deux exempts qui l'entourent. Elle se crut perdue, sur-tout quand elle vit le ton du sieur Martin, qui la reçut avec hauteur. Elle ne se déconcerte pas cependant ; et d'un ton qu'elle élevoit aussi de manière à ce qu'il fût toujours supérieur à celui du sieur Martin, elle annonce l'objet de sa visite.

K 3

Le sieur Martin. Votre prisonnier n'est qu'un fou.

La dame Legros. Je suis très - convaincue, Monsieur, qu'il ne l'est pas.

Le sieur Martin. Madame, je vous dit qu'il est fou.

La dame Legros. Et moi, Monsieur, je vous dis qu'il ne l'est pas.

Le sieur Martin. Madame, ne me forcez pas à parler.

La dame Legros. Parlez, Monsieur, je suis en état de vous répondre. — Au surplus, depuis quand connoissez-vous M. de Latude ? L'avez-vous vu, lui avez-vous parlé, pour me soutenir qu'il est fou ?

Le sieur Martin. Je ne l'ai jamais vu, mais je connois ses affaires depuis huit jours.

La dame Legros. Depuis huit jours ! Et moi, Monsieur, je le connois depuis deux ans.

A mesure que mon amie parloit, le ton du commis baissoit d'un degré; il devint ensuite poli, et finit presque par être affectueux. M. Martin vouloit faire encore quelques objections; il représenta à Madame Legros à quoi elle s'exposoit : elle lui observa qu'elle venoit uniquement pour faire sa soumission. Il lui en remit le modèle, qu'elle rapporta le lendemain signée d'elle et de son mari : il lui promit enfin que dans quinze jours le lieutenant de police auroit fait son travail, et qu'il lui en donneroit des nouvelles.

Pendant les trois semaines suivantes, elle tenta vainement, nombre de fois, d'être admise à l'audience de M. Amelot, pour le solliciter : on la renvoya, après ce terme révolu, à son premier commis, M. Robinet, qui devoit, disoit-on, lui donner des nouvelles de cette affaire : elle vole à son bureau, elle s'annonce : pour toute réponse, ce commis, en la regardant avec dureté, lui répond : *M. de Latude ne sortira jamais.*

A ce mot, ma trop sensible amie fut anéantie ; la foudre l'eût moins accablée. Jamais elle n'a connu, dit-elle, de sensation aussi cruelle, et pendant plusieurs mois, elle éprouva un tremblement universel qu'avoit produit l'effroi dont elle fut saisie. Elle étoit enceinte alors de quatre mois ; elle court, elle s'enfuit : étourdie, désolée, elle ne sait où tourner ses pas. Elle entre à l'hôtel du cardinal de Rohan : cet homme sensible, effrayé de son état, la fait asseoir, la rassure ; et ne pouvant plus lui offrir crédit presque éteint, il lui propose tous les secours dont elle pourra d'ailleurs avoir besoin.

Madame Legros vint communiquer sa douleur et ses transports à ma respectable Minerve : elles gémissent ensemble de cet amas

épouvantable de bassesses et de crimes. Quel parti prendre, et comment vaincre des ennemis si acharnés ? La dame Legros se rappelle que le sieur Robinet lui a dit, en la quittant, de voir Madame la comtesse de Sabran, à laquelle M. Amelot avoit écrit. Cette dame, amie de ma Minerye, avoit joint aussi ses sollicitations en ma faveur : elles vont la trouver. Elle avoit reçu effectivemement une lettre du ministre, conçue en ces termes : « J'ai re-
» mis au roi tous les papiers de votre protégé ;
» Sa Majesté les a examinés, et a jugé que ce
» prisonnier étoit fou et dangereux à l'état, et
» que jamais il ne lui accorderoit sa liberté,
» etc. »

Ce coup étoit affreux ; il consterna, mais il n'abattit pas mes deux inébranlables protectrices. Heureuses encore, si elles n'eussent eu besoin de leurs forces que pour le supporter et trouver les moyens de le parer ; mais elles en étoient réduites aussi à les faire servir à leur propre défense. On s'étoit contenté de blâmer jusqu'alors le courage et le zèle de la dame Legros : elle eut à soutenir à ce moment de plus violens combats. Cet homme est donc votre amant, lui répétoient une foule de gens, étonnés de son ardeur, et qui ne trouvoient que cette seule manière de l'expliquer ! Ainsi pour eux le crime eût été capable de tout, et ils ne concevoient pas que la vertu le fût même d'un effort.

Combien de démarches (1), de courses ne

---

(1) Il n'est pas hors de propos sans doute de donner une idée de toutes ces courses : les personnes auxquelles elle avoit le plus besoin de communiquer sans cesse son zèle, logeoient l'une à la barrière de Grenelle, porte Saint-Bernard ; les autres, dans les rues des Tournelles, des Fontaines, près le Temple, de la Verrerie, du Figuier, etc., et à Montmartre. Il y avoit des époques auxquelles cette femme étonnante alloit tous les jours chez ces personnes, et souvent elle y retournoit quand elle ne les avoir pas trouvées.

fit pas alors cette femme généreuse; la plupart de nos protecteurs commençoient à se
réfroidir, leur zèle se ralentissoit à mesure que
les obstacles augmentoient et que la haine de
mes ennemis devenant plus active, osoit se
manifester davantage, et rendoit la résistance
plus dangereuse. La dame Legros étoit sans
cesse à leur porte ; elle intéressoit la sensibilité des uns, ranimoit la bienveillance des autres, flattoit la vanité de celui-ci, promettoit
à celui-là le crédit et la bienveillance d'un
homme puissant; tantôt c'étoit une démarche,
tantôt une lettre qu'elle demandoit : elle arra-
choit par ses importunités ce qu'elle ne pouvoit obtenir autrement. De son côté, notre
Minerve se répandoit dans les sociétés; elle en
rassembloit chez elle de nombreuses, parloit
sans cesse de moi, de mes malheurs, forçoit
les personnes sensibles à s'attendrir, et les
indifférens à s'étonner : elle prétendoit au moins
s'armer de l'opinion publique, l'opposer à mes
adversaires, et les en écraser.

M. de la Croix, d'un autre côté, disputoit avec eux de zèle et d'efforts. M. de Sartines avoit eu la bassesse de lui demander sa parole *qu'il n'écriroit pas en ma faveur contre lui.* Cet homme estimable, trop judicieux pour ne pas sentir qu'en la lui refusant, il se plaçoit dans la liste de ses adversaires, et qu'il perdoit par-là tout l'empire qu'il avoit sur son esprit, la lui avoit donnée cette parole, pour se réserver le droit de lui parler, s'il renonçoit à écrire, et le forcer tôt ou tard à le craindre. Mais il n'avoit pas promis de m'abandonner, de résister à l'é-lan de son ame qui le portoit à secourir, à ven-ger un infortuné. Un de ses confrères assez courageux pour oser, comme lui, se dévouer au danger de défendre un malheureux contre des hommes puissans, M. de Comeyras son ami, s'offrit à faire ce que M. de la Croix s'é-toit interdit. Madame Legros le vit, lui détailla mes aventures. A la vue des pièces qui attes-toit la vérité de chaque fait, il regardoit et il doutoit encore : il voulut me voir, entendre de ma bouche un récit aussi étonnant; il voulut se convaincre que mon existence n'étoit pas une chimère, et que tous les ressorts de mon esprit n'étoient pas encore brisés. Enflammé d'une sainte indignation contre mes ennemis, il jura de révéler leurs forfaits, et de périr, s'il le falloit, pour me soustraire à leur fureur. Il fit un mémoire qu'il étoit prêt à rendre public; mais il en fut empêché, comme je l'ai rapporté plus haut, par les réglemens auxquels son état l'assujettissoit. Un avocat ne pouvoit pas écrire en faveur du prisonnier qu'enchaînoit une *lettre-de-cachet !* Le despotisme osoit aussi souiller ses fonctions, en le soumettant à cette loi infâme. La justice étoit sourde, et tous ses organes muets, dès qu'un malheureux étoit en but à la haine d'un ministre ou à celle de ses valets.

M. de Comeyras se vit donc réduit à briser, en frémissant, les planches de son mémoire prêt à être imprimé; mais il trouva moyen

d'éluder la loi qui le condamnoit au silence.
On fit une grande quantité de copies de ce mémoire, on le colporta ; tout le monde fut ré-
volté. Mes ennemis effrayés de cette ligue qui
se formoit contre eux, dans laquelle les personnes les plus respectables vouloient être ad-
mises, et qui grossissoit tous les jours, ne vi-
rent plus qu'un moyen de sortir d'embarras :
ce fut celui que déjà ils avoient employé plusieurs fois contre moi, et qui leur étoit fami-
lier sans doute, celui de supposer des crimes
ou des folies au malheureux qu'ils vouloient
perdre.

Ils m'attribuèrent je ne sais quelle lettre
extravagante qu'ils adressèrent au roi, dans laquelle ils me faisoient dire qu'on vouloit l'empoisonner, que déjà toutes les fontaines de
Paris et de Versailles l'étoient. A l'instant mes
amis, mes protecteurs furent prévenus de cette
extravagance, dont les ministres avoient eu
soin de répandre et d'accréditer le bruit. Ma-

dame Legros accourt à Bicêtre ; le tems étoit
mauvais : la boue, la pluie ne peuvent l'arrêter ; elle arrive dans un état affreux. Ses vête-
mens étoient percés, ses souliers déchirés : je
frémis en la voyant. Je ne puis croire qu'elle
s'est déterminée à venir sans de fortes raisons ;
je l'interroge, je la presse, elle ne répond pas.
Ses yeux se fixoient lentement et avec inquiétude sur les miens ; elle examine ma conte-
nance, et paroît s'étonner de ne pas me voir
dans le délire : elle ouvre la bouche enfin,
pour me reprocher l'outrage que je viens de
faire à tous mes protecteurs, en leur cachant
la lettre que j'ai écrite. A ce mot, je me récrie : je regarderois ce manque de confiance
comme un crime ; je me plains de ce qu'elle a
pu m'en soupçonner un seul instant coupable :
je proteste que je n'ai rien écrit, je le jure,
j'en fais serment. Le ton avec lequel je lui
parle la frappe, la rassure ; mais elle s'étonne
de nouveau. Il faut donc accuser mes ennemis
de cette nouvelle scélératesse ! Cette idée l'ef-

fraye, et son imagination s'y refuse. Tout ce qu'elle a lu dans l'histoire, des attentats de la tyrannie, des fureurs du crime, n'ont pu lui persuader encore que l'homme soit capable d'une cruauté aussi lâche, aussi atroce. Elle balance entre la crainte de me trouver coupable de cette folie, et l'effoi de se convaincre que mes ennemis le sont de cet attentat. Elle conserve cependant assez de présence d'esprit pour ne pas m'accabler, en m'apprenant ce qui se passe. Elle revient, et prie M. de Comeyras de fixer son incertitude. Loin de la dissiper, il la partage. Il veut juger par lui-même, et craint de s'en rapporter à ses yeux; il vient à Bicêtre, et bientôt il est convaincu que je suis innocent. Alors il ne ménage plus rien; il n'écoute que son indignation: il publie le dernier trait de mes persécuteurs; il les somme de produire cette lettre, d'oser une fois m'accuser en face, et de me laisser au moins le droit de me défendre.

Tant

Tant de réclamations commençoient à produire l'effet qu'en attendoient mes nombreux partisans; mais la fatalité attachée à mon sort n'avoit pas encore cessé de me poursuivre. La dame Legros étoit parvenue enfin à faire remettre un de mes mémoires à la Reine, comme le lui avoit recommandé M. le Cardinal; on le lisoit à son audience: déjà elle commençoit à gémir sur mon sort; elle s'y intéressoit, elle paroissoit disposée à ordonner qu'on y apportât du changement, quand un courtisan qui arrive, s'écrie, après avoir écouté un moment, que ce mémoire n'étoit qu'un tissu de mensonges ridicules, et que le héros de ce roman cherchoit à usurper un intérêt qu'il ne méritoit pas.

Ce mot fit tomber l'écrit des mains de celui qui le lisoit, et chacun ferma son oreille et son cœur. Il n'en fut plus question.

Je n'ai pas encore nommé celui qui tint ce

propos : j'aurois craint qu'on ne lui repro-
chât un moment, si je le faisois connoître
avant de le justifier, l'émotion pénible qu'inspire ce trait qui me perdit. Je puis accuser,
sans doute, M. de Conflans, d'avoir prolongé
mon supplice par ce mot, trop léger peut-
être ; mais en même tems je m'empresse à
publier que son ame n'étoit pas complice
de cette erreur : puissent les regrets qu'il
témoigna ; son zèle pour la réparer, servir
de leçon et d'exemple à ceux qui se trouvent
souvent dans le même cas.

Cet événement étoit peut-être le plus
funeste de ceux de ce genre, que j'avois es-
suyés. Comment laisser encore l'attention de
la Reine, par le récit d'aventures qu'on lui
avoit dit être fabuleuses ? comment détruire
la prévention du Roi, qui avoit défendu qu'on
lui parlât de moi davantage ? Et s'il étoit
impossible de pénétrer jusqu'aux pieds du trône,
comment en aborder les avenues, dont mes

deux ennemis m'écartoient avec tant d'acharnement, et dont ils avoient tant de facilités de m'écarter.

Madame Legros, toujours infatigable, court chez M. de Conflans; elle étoit prête d'accoucher alors : elle est introduite, et dans une conférence de trois heures au moins; elle lui fait le récit de toutes mes infortunes. Il se montre incrédule, elle fournit des preuves : il doute encore; elle le combat, elle l'éclaire enfin. Il est convaincu de mon innocence et de ses torts. Il promet bien de réparer le mal qu'il a causé, et il le promet en homme généreux et sensible. Il loue, il admire le courage et la vertu de mon amie : épuisée d'une conférence aussi longue, qui avoit été toujours animée [1], et quelquefois très-vive; elle court chez M. de Comeyras, qui vient à l'instant confirmer à M. de Conflans, les faits, les détails et les preuves dont la dame Legros l'avoit entretenu.

Il se fit alors un changement dans le ministère dont mes amis espérèrent beaucoup. M. Amelot avoit aussi sacrifié la justice et son devoir à la complaisance pour mes persécureurs : il étoit possible que M. de Breteuil, qui lui succédoit, ne fût pas encore prévenu contre moi ; et on résolut bien de mettre pour me défendre près de lui, plus d'activité que l'on n'en emploieroit pour m'attaquer. Mais ce n'étoit pas là le seul espoir qui restoit en ce moment à mes généreux protecteurs.

Ils venoient de s'associer une femme, plus puissante encore par son active bienfaisance, que par son crédit ; ou plutôt qui ne devoit celui dont elle jouissoit qu'à sa vertu, et au respect qu'elle avoit su inspirer. Mde Necker, instruite de mes infortunes et de leur cause, du zèle sur-tout, et du courage de mon amie, fut tour-à-tour émue d'étonnement et de compassion : elle se sentit pressée du besoin

de secourir l'un et d'admirer l'autre ; avec
quelle douce et touchante expression, elle
annonce ces deux sentimens dans une correspondance longue et suivie, qu'elle eut avec
Mde. Legros sur ce sujet, et que je tiens entre mes mains.

Pardonnez à des transports que j'essaierois
en vain d'étouffer, femme vertueuse : vous
vouliez n'être pas connue ; vous vouliez
que j'ignorasse moi-même à qui je devois ma
liberté, mon bonheur et ma vie. Ah ! vous
tentez inutilement de dérober à tous les regards, ces inclinations bienfaisantes qui vous
font chercher le bonheur dans votre empressement à faire des heureux ; et dans le sentiment qui vous porte à désirer de cacher que
vous en faites. Non, non, il faut que l'on apprenne tout ce que peut, dans un cœur si
sensible une si active compassion ; il faut
que l'on sache que vous soulagez autant de
misérables, que vous trouvez de véritables

misères; et que la crainte de faire des in-
grats, ou la douleur d'en avoir rencontré,
n'ont pu jamais vous empêcher de faire le
bien; il faut que j'obéisse aux mouvemens
de mon cœur. S'il est doux d'inspirer de la
reconnoissance; il est nécessaire pour celui
qui sent le prix des bienfaits, de pouvoir
exaler celle qu'il éprouve.

Je n'ai pas dû chercher à connoître les ressorts que Mde. Necker avoit fait mouvoir,
les moyens dont elle s'étoit servie pour arracher enfin l'ordre de ma liberté, qu'elle
n'obtint qu'avec peine : elle a fait à ceux même
qui y ont concouru, un devoir d'ignorer ces
détails; mais il a bien fallu qu'elle parlât
dans ses lettres des difficultés qu'elle éprou-
voit; qu'elle laissât soupçonner même les
inconvéniens auxquels elle s'exposoit pour
me servir. Quelle étonnante bonté ne falloit-
il pas pour braver ces obstacles, en faveur
d'un infortuné, qui ne pouvoit avoir d'autre

titre à ses yeux que son infortune ?

Que ne puis-je rapporter ici toutes ces lettres ; et prolonger la douce jouissance qu'on éprouveroit, en voyant cette ame si sensible et si belle se peindre elle-même, sans le vouloir, sans y songer, et ne s'occuper d'elle que pour se dérober à tous les regards ? Mais dois-je trahir ses désirs, pour satifaire les miens ? Puis-je sacrifier la crainte d'offenser ma généreuse libératrice, au plaisir de parler plus long-tems de ma reconnoissance ? Je ne citerai donc de ses lettres, que ce qui me retrace à moi-même des devoirs, des obligations qu'elle m'impose ; ce qui exprime surtout sa juste admiration pour la dame Legros. La touchante estime de cette femme respectable, est sans doute pour mon amie, le prix le plus doux de ses vertus ; et le bonheur de publier des sentimens qui les honorent toutes deux, devient pour moi le premier devoir.

L 4

Dans une foule de lettres écrites à ma bienfaitrice avant qu'elle pût se promettre du succès de ses soins, Madame Necker parle avec le plus tendre intérêt de ses espérances et de ses craintes : elle reporte ensuite ses regards sur moi, et elle semble partager mes souffrances. « La rigueur de la » saison dont ma santé est encore plus affoiblie, dit-elle, dans celle du 30 décem- » bre, me fait penser avec inquiétude au » froid que ce malheureux doit éprouver, » et je prends la liberté d'envoyer encore » un louis pour lui procurer quelque soula- » gement ». Il étoit rare que toutes ses lettres ne fussent accompagnés d'un pareil don.

Elle n'avoit pu obtenir dans les commencemens, que la promesse de ma translation, dans une prison moins rigoureuse. C'étoit au moment où mes persécuteurs tentèrent l'effort dont j'ai parlé pour me faire croire fou ; elle exigea mon désaveu par écrit de cette lettre extravagante qu'ils avoient eu la bas-

sesse de m'attribuer. « J'ai lu, disoit-elle,
» avec un sentiment bien pénible, le désaveu
» du pauvre Latude; et avec beaucoup d'in-
» térêt, Madame, votre exellente lettre, dont
» toutes les expressions m'ont véritablement
» touchée. Souffrez que je vous en remercie
» du fond de mon cœur. Je garde le désaveu,
» dans l'espérance vague d'en faire quelque
» usage ».

Le changement de ministre lui rend l'espérance; elle trace à la dame Legros la marche qu'elle doit tenir pour la seconder plus
efficacement. Enfin, on lui apprend que ses
pressans efforts sont couronnés du succès.
Elle s'empresse de mander cette heureuse nouvelle à mon amie (I) : elle partage ses transports, et ce sentiment est le premier qu'elle
puise éprouver. Mais bientôt quelques crain-

_____

(I) 16 Février.

tes viennent la troubler; elle les communique
à cette femme sensible et raisonnable. « La
» puissante protection que j'ai employée,
» n'est pas sans inquiétude sur les suites d'un
» événement que j'ai tant désiré : on craint
» que la tête de cet infortuné ne soit échauf-
» fée par tout ce qu'il a souffert, et qu'il ne
» nous fasse repentir par ses propos ou par sa
» conduite, du bien que nous lui avons fait.
» J'ai donc recours à votre prudence, dans
» une affaire réellement essentielle au bonheur
» de ma vie, puisque par des raisons quime
» sont personnelles, je souffrirois cruellement,
» si on avoit lieu de se plaindre de M. de
» Latude, après les démarches que j'ai fai-
» tes en sa faveur.

» Puisque vous avez cru pouvoir lui con-
» fier mon nom, et que vous m'avez flattée
» qu'il seroit sensible à l'intérêt que j'ai pris
» à lui; je vous conjure de lui demander,
» comme la seule marque d'affection et de

» reconnoissance que j'aurai jamais occasion
» d'exiger de lui, le pardon absolu des in-
» jures qu'il a essuyées, le silence abolu sur
» ses persécuteurs; et, en un mot, une con-
» duite chrétienne dans tous ces points. C'est
» pour lui le seul moyen d'être heureux, et
» pour moi c'est une circonstance essentielle
» à ma tranquillité. C'est entre vos mains,
» Madame, que je remets des intérêts si
» grands, dans la parfaite confiance et dans
» les sentimens d'estime et d'attachement
» que vous m'avez inspirés ».

La vertu eut-elle jamais un plus aimable
langage ? et faut-il être l'objet de cette bonté
céleste, pour vénérer, pour adorer celle qui
sait l'exprimer et la sentir ainsi ?

Mde. Necker avoit annoncé qu'elle ne re-
cevoit pas mes remerciemens, et jamais elle
ne m'a permis d'enfreindre cet ordre rigoureux. C'est donc aux yeux du public, que

pour la première fois, je me prosternerai à ses pieds ; c'est devant lui que j'exprimerai à ma vénérable protectrice, des sentimens qu'il est si doux qu'on doit être si fier d'éprouver pour elle. Je me trompois : ah ! c'est devant le public plutôt, que je dois m'honorer de l'effort de les renfermer dans mon cœur, et d'obéir à la loi qu'elle m'a imposée : ma reconnoissance lui rappeleroit ses bienfaits.

Redescendons sur moi-même, et dans mon cachot, où mes ennemis me retenoient encore. J'ai cherché à délasser de tant d'horreurs en promenant les regards aussi longtems que je l'ai pu, sur les tableaux enchanteurs que nous venons de parcourir. Il reste un nouveau fait qui me force à citer encore une fois les noms de mes deux tyrans ; et à montrer leur rage expirante, mais toujours active.

Le Ministre avoit signé l'ordre de ma sortie. Il en avoit prévenu lui-même Mde. Necker, comme elle le dit dans une de ses lettres en l'autorisant à me l'apprendre. L'usage étoit d'envoyer cet ordre aux bureaux de la Police, d'où on l'adressoit au prisonnier. Conçoit-on que M. le Noir ait osé garder le mien, PENDANT SIX SEMAINES ; qu'il a fallu lui enjoindre plusieurs fois de l'expédier ; et que sans les vives et courageuses sollicitations de Mde. Necker, je serois mort dans les fers, malgré cet ordre qui les brisoit : eh ! ses collègues et lui ne m'y retenoient-ils pas depuis trente-cinq ans, malgré les loix, la justice, tout ce que les hommes connoissent de plus sacré ; réclamoient envain mon innocence.

Enfin, cet épouvantable terme est expiré ; enfin on m'arrache à leur fureur, et leur nom désormais ne viendra plus flétrir mes souvenirs, et souiller les restes de mon histoire ; enfin mes chaînes tombent ; les portes effroyables, qui durant trente-cinq années se sont re-

fermées sur moi, s'ouvrent; et je rentre par-
mi les hommes. On me l'apprend du moins,
et je le crois. Je vole dans les bras de mon
amie : pour cette fois, mon ivresse est pure,
rien ne peut la troubler; rien n'arrête mes
transports. Hélas! elle ne les partage pas,
et bientôt je m'apperçois que ses larmes,
pleines encore d'amertume, ne sont pas celles de la joie. Je croyois toucher au bonheur, et mes oppresseurs, par un dernier
effort, sont parvenus à l'empoisonner, ou à
ne m'en laisser que la trompeuse image.

Je suis exilé à Montagnac, où m'attendoient la misère et le désespoir. Le même ordre me défend d'entrer dans Paris, m'oblige
de partir à l'instant même po ·1) Langue-
doc; de me présenter à mon arrivée à l'officier
de maréchaussée, qui est impérieusement chargé de suveiller ma conduite et d'en rendre
compte. Exilé dans Montagnac, je ne pourrai
jamais franchir l'enceinte de cette ville, sans

le consentement de ce même officier, qu'il faudra prévenir de mes moindres promenades; et pour dédommagement de tous les tourmens qui ont usé ma vie; pour réparation des injustices qui m'ont accablé depuis tant de siècles, et qui vont me poursuivre jusqu'au tombeau; pour me tenir lieu des ressources que j'ai perdues, de ma fortune qui s'est dilapidée; et si je le puis dire, qui s'est évanouie : pour me donner du pain enfin, le gouvernement m'assure une pension de QUATRE CENS LIVRES. Voilà ce que m'apprennent les sanglots et le désespoir de mon amie. Elle me remet en tremblant cet ordre funeste. Mais elle est trop habituée à braver mes lâches tyrans, pour n'avoir pas résolu de tenter de leur arracher leur proie. Son premier soin a été de m'apporter cet ordre, parce qu'enfin il est aussi celui de ma liberté : ou au moins celui qui me permet de revoir la lumière. Il eût été si doux pour elle de pouvoir jouir de son triomphe, de m'enlever à ces

lieux de désolation : elle se voit réduite à
m'y replacer elle-même.

J'ai dit qu'elle étoit résolue de solliciter la
révocation de mon exil, et de rassembler
toutes ses facultés, pour seconder ce dernier
effort : elle vole pour remplir encore ce triste
devoir. Mais où m'abandonnera-t-elle, tan-
dis qu'elle va s'occuper de ce soin? L'ordre me
défend d'entrer dans Paris; elle est trop sage
pour concevoir même l'idée de l'enfreindre?
me livrera-t-elle à moi-même, à ma fureur;
dans une auberge au moment où mes pas,
mes discours, mes moindres démarches sont
épiées, et où mes ennemis n'attendent que le
plus léger prétexte, pour renfermer à jamais
sur moi, la tombe fatale qui n'est encore
que soulevée? Elle sait combien mon ame
aigrie par l'injustice, est facile à s'émouvoir;
elle sait combien mes transports sont violens, et elle a appris à les craindre (1). Elle

---

(1) J'ai tardé beaucoup à faire un aveu qu'une vase

se voit réduite à solliciter comme une grace de l'économe de Bicêtre, la singulière faveur de m'isoler encore dans mon cachot, jusqu'à ce qu'elle puisse me diriger elle-même.

Elle me quitte, et va rassembler tous mes

---

nité ridicule a retenu trop long-tems, mais que ma franchise exige enfin, que je dois à la vérité qui a dicté cet écrit. Croira-t-on que j'ai été assez injuste pour accuser plus d'une fois ma libératrice, dans mon cachot, de lenteur et d'indifférence ; croira-t-on que la douleur m'ait égaré au point de me dicter des lettres, dans lesquelles je lui reprochois de la tiédeur : je lui demandois, j'exigeois qu'elle cessât de me donner des secours, qui me paroissoient aigrir mes ennemis et prolonger mes tourmens. Hélas ! elle pleuroit de mon délire, et sans doute son ame n'a pas eu besoin de grands efforts pour me pardonner. Pour unique réponse, elle multiplioit ses soins, elle exposoit sa liberté, ses jours ; elle dissipoit sa fortune et brisoit mes fers. Voilà peut-être le trait le plus étonnant de son histoire : voilà de l'héroïsme sans doute.

Tome II.   M

protecteurs. Elle voit Mde. Necker, elle
voit M. de Conflans, qui a des torts à expier, et qui a promis de les reparer. C'est
une justice encore qu'elle réclame; et pour
cette fois, c'est elle-même qui a le droit de
la demander. Son mari s'est engagé avec elle
à répondre de mes moindres actions; c'est
sur leur tête que repose à jamais la tranquillité de mes ennemis qui tremblent de m'entendre prononcer leur nom; et on veut mettre entr'eux et moi un intervalle de deux cens
lieues. Ils ont répondu sans doute de calmer
par leurs soins, ma fureur et mon désespoir :
mais s'ils me livrent à ces sentimens, qu'un
délassement total va échauffer encore, qu'ai-
griroient ma nouvelle captivité, le lieu sur-
tout que l'on a choisi pour la rendre plus
affreuse, et la misère à laquelle on me con-
damne. Pourront-ils donc rendre compte de
tous les soupirs que l'indignation m'arrachera,
ou des convulsions que le désepoir pourra
me causer ?

Mes ennemis furieux cherchent en vain à répondre à ces pressans motifs ; ils béguaient et parviennent d'abord à ne me laisser permettre de passer à Paris que trois jours : enfin on obtient que je pourrai y vivre, mais à la condition de ne me présenter ni dans les caffés, ni dans les promenades publiques, ni à aucun spectacle. Étonnant effet du délire de ces malheureux, qui ne voient pas qu'ils s'accusent eux-mêmes ; ou plutôt qui ne voient pas que de si étonnantes précautions les condamnent.

Me voilà donc rendu à l'amitié, à la reconnoissance, et désormais je pourrai vivre pour ces sentimens. Je ne tenterai pas de peindre l'étonnante situation dans laquelle je me trouvois alors : on la soupçonneroit peut-être, mais on ne la comprendroit pas. Je nageois dans la joie et dans la volupté ; mes sens, mon ame ne pouvoient suffire à cette ivresse : moi seul dans l'univers, je

pouvois la goûter; il falloit être moi, pour
apprécier ce délire; il falloit survivre à des
siècles de larmes, de désespoir et de rage.
Oublions ces douloureux sentimens; désormais je ne connoîtrai plus que le bonheur.

Mon heureuse amie avoit employé la nuit
à solliciter et à obtenir l'ordre nouveau qui
révoquoit celui de mon exil : elle rentre chez
elle à deux heures du matin, abîmée de fatigues. Elle attend à peine que le jour commence à luire; elle envoie son époux et l'estimable Girard, qui, après avoir partagé leurs
périls et leurs alarmes, jouissoit aussi de nos
transports : bientôt elle les suit, et nous nous
trouvons réunis. Ce fut le 22 mars 1784, jour à
jamais mémorable dans mon histoire, et peut-
être dans celles des hommes, que je naquis
pour une nouvelle vie.

Mes amis, mes généreux amis me serroient
alternativement dans leurs bras; ils s'embras-

soient, nous pleurions tous, et ils se péné-
troient sans cesse de l'idée consolante et
douce que l'objet de tant d'inquiétudes, ne le
seroit plus à l'avenir que des plus tendres
soins. Quel réveil, à la suite d'un rêve si
affreux !

Nous arrivons. Je vois un appartement simple et commode, où tout me prouvoit que
j'étois attendu ; je regardois, je m'étonnois de
tout ; j'admirois tout avec la curiosité avide
ou plutôt l'enthousiasme de l'enfance : les
moindres objets me causoient une sensation ;
chacune étoit une jouissance, et dans toutes
je trouvois le bonheur.

Mon devoir, et plus encore mon cœur,
me faisoient un besoin de me présenter à mes
protecteurs, de les payer de leurs bienfaits
par le spectacle de ma joie. Il me tardoit sur-
tout de la montrer à ma minerve, son ame
sensible et si bonne devoit l'apprécier sans

doute; et je sentois que ce n'étoit que près
d'elle que je la goûterois pure et sans mélange. Je hâtois, par une impatience qui déjà
troubloit un peu mes plaisirs, l'instant où je
pourrois, le lendemain, lui exprimer ma reconnoissance, et la faire jouir de son ouvrage. Il étoit neuf heures et demie, nous
soupions, une voiture s'arrête devant la porte : on annonce ma bienfaitrice. Mon cœur
tréssaille à ce nom que je vénérois, et que
j'aurois voulu pouvoir respecter moins, en
osant le chérir davantage. Nous courons tous
au-devant d'elle; je crois voir une mère
qu'une longue absence avoit long-tems sous-
traite à mon empressement, et elle daigne me
regarder, me traiter comme un fils. Elle venoit jouir comme nous et avec nous, elle
s'adresse à mes amis, à moi, nous félicite
tous; et après m'avoir fait l'accueil le plus
doux, nous avoir tous comblés de caresses,
elle me tend la main avec grace, et s'échappe. Etonné de ce dernier mouvement, je re-

garde, je trouve entre mes doigts un étui qu'elle avoit eu l'adresse d'y placer sans que je m'en apperçusse : je l'ouvre, il renfermoit un rouleau de louis.

Cette sensible protectrice fait plus encore; elle me trace un plan de vie, digne d'elle, digne de la déesse dont mon cœur lui avoit donné le nom, et dont elle paroît toujours avoir emprunté l'aimable langage. Le lendemain, elle m'envoie cet écrit que je veux avoir sans cesse sous les yeux.

» Ce n'est pas moi, Monsieur, qui ait obtenu votre liberté; mais j'ai pris un véritable intérêt à vos malheurs, et j'ai travaillé à y intéresser toutes les personnes que j'ai cru pouvoir vous être utiles. Vous n'avez qu'un seul moyen de leur témoigner de la reconnoissance, c'est de vous conduire avec une sagesse qui ne donne jamais de raison de se plaindre de vous; et avec une prudence qui

ôte jusqu'au moindre prétexte de vous nuire
à l'avenir. Songez que si vous vous exposiez
de nouveau à quelque malheur, ne fût-ce
que par imprudence, les mêmes personnes
ne pourroient recommencer à s'employer pour
vous, et que vous les compromettriez. Ainsi,
votre intérêt personnel et la reconnoissance
que vous leur devez, doivent vous porter à
vous tenir sur vos gardes tous les jours de
votre vie.

» Songez aussi que la pension qu'on vous
accorde, dépend entièrement et de votre obéis-
sance à rester au lieu qu'on vous prescrit,
et de la conduite sage que vous y tien-
drez. Toute votre existance dépend de cette
pension, puisque vous n'avez point de fortune personnelle.

» Prescrivez-vous donc à vous-même le
silence sur vos malheurs passés, oubliez ceux
que vous avez cru vos ennemis, faites ce
sacrifice

crifice à Dieu, à vos protecteurs, et sur-tout à votre sûreté future, qui dépend absolument de votre sagesse.

» Il n'y a personne dans le monde à qui vous ayiez autant d'obligation qu'à Mde. Legros; puisque c'est à elle que vous devez, sans aucune exception, toutes les personnes qui ont agi pour vous. Réunissez sur elle toute votre reconnoissance, et prouvez lui que vous en avez autant que vous lui en devez, en vous soumettant à tout ce qu'elle vous prescrira.

» La plus légère imprudence de votre part retomberoit sur elle, et nuiroit à la bonne opinion qu'elle nous a donné de vous.

» Soyez prudent, et vous serez libre et heureux : j'espère que vous retrouverez la santé et les forces, avec l'usage de votre liberté; et je souhaite que vous en jouissiez long-tems ».

Tome II.   N

Je ne pouvois mieux louer cette respectable bienfaitrice, qu'en faisant connoître son
ame et ses vertus ; et il n'y avoit qu'elle
qui pût nous les peindre d'une manière qui
fût digne d'elle.

L'histoire de mes infortunes est terminée ;
celle de ma vie commence : mon ame, fati-
guée pendant trente-cinq ans du tourment
de haïr, s'est ouverte enfin au bonheur d'inspirer et d'éprouver des sentimens consolans
et doux. Long-tems au sortir du tombeau, j'ai
été énivré du plaisir si flatteur d'être devenu
l'objet de l'interêt le plus touchant ; il me
sembloit que tout ce qu'il y avoit de plus
distingué dans la société, se fût réuni pour
me venger de l'injustice et de la persécution ;
que ne puis-je entretenir le public (1) de

_____

(1) Je ne puis me refuser à publier au moins la conduite généreuse et délicate des acteurs des deux ou
trois principaux théâtres de la capitale ; ils sont venus

tant de bienfaits, je m'honorerois en rapportant la liste de ceux qui m'en ont comblé. Mais désormais, tranquille au sein de l'amitié, je ne puis plus vivre que pour connoître ce sentiment. Je rendrai mes derniers jours heureux, en les consacrant à ma divine libératrice; vivant près d'elle et pour elle, je la ferai jouir de son ouvrage, en jouissant de ses bienfaits; et mon dernier soupir exprimera encore ma reconnoissance envers elle et tes vœux pour le bonheur de ma patrie.

---

m'offrir avec une bonté touchante d'aller oublier souvent les jours de ma douleur, en admirant nos chefs-d'œuvres et leurs talens. Je saisis avec plaisir cette occasion de leur exprimer ma gratitude et ma sensibilité.

F I N.

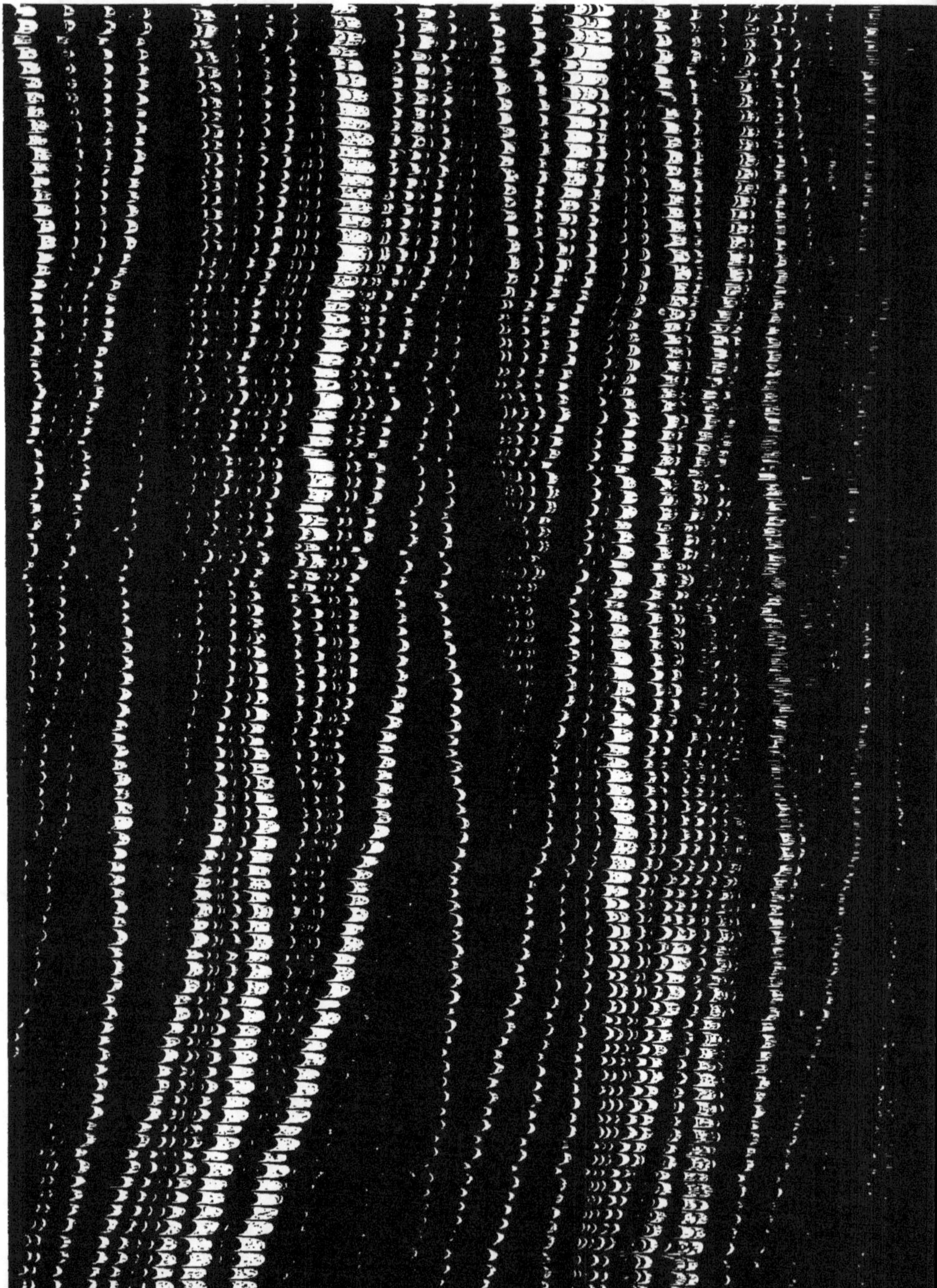

www.ingramcontent.com/pod-product-compliance
Lightning Source LLC
Chambersburg PA
CBHW051831020726
47502CB00005B/1732